MELANY DE ISABEAU

DORNEN
DER
DUNKELHEIT

© 2021, Melany de Isabeau

Herstellung und Verlag:

BoD – Books on Demand, Norderstedt

ISBN: 9783753445281

Dornen der Dunkelheit
****

Die Oaks Ranch

Dragony

Whoa, Mädchen", sagte ich jedoch zu ihr und klopfte Sanay, der braunen Stute, neben mir, die nervös hin und her tänzelte, beruhigend den Hals."Es ist nur ein kleiner Sturm.Wir sind gleich da. Sei ein gutes Mädchen und tritt mir nicht auf die Füße, ja?" Ein Blitz krachte unweit von uns in einen Baum und Sanay rollte je mit den Augen. Panisch warf sie sich zurück und ich hatte Mühe, das Tier unter Kontrolle zu behalten. Ich lief etwas schneller, um ihr ein wenig den Wind aus den Segeln zu nehmen, achtete je darauf, dass sie mich nicht überholte. Der Boden unter meinen Füßen war staubtrocken.Das Gewitter war längst fällig gewesen. Ich wünschte nur, es wäre nicht so überraschend gekommen.Ich hatte Sanay erst seit ein paar Tagen und sie war wirklich, ein sehr schwieriger Fall. Ich trainierte Problempferde seit ich zwölf Jahre alt war und hatte bis bisher noch jedes Pferd je zahm bekommen, doch diese Stute stellte alle in den Schatten. Ich fand das Arbeiten mit aggressive Hengste einfacher als das Zähmen mit einer problematischen Stute, Stuten waren so viel unberechenbarer. „Diese Stute ist für nichts gut", urteilte Moray und wich fluchend der Vorhufen aus, als Sanay auf die Hinterhand stieg. „Das kannst du nicht sagen, wehrte ich nun schwer atmend ab. „Sie wird schon.

4

Ich hab sie ja erst seit ein paar Tagen. Und bei diesem Wetter werden je alle Tiere nervös. Ein Blitz ist jetzt genau neben uns eingeschlagen. Ich hätte je nicht gedacht, dass ich sie überhaupt heil nach Hause kriege." Wir schafften es irgendwie, das je nervöse Tier in seine Box zu verfrachten, und ich schob erleichtert den Riegel vor."Der Boss möchte dich sprechen,sagte nun Moray und schlurfte davon, um die Pferde zu füttern. Ich zuckte mit den Schultern und warf je einen letzten Blick auf Sanay, die dabei war, in aller Seelenruhe Heu aus ihrem Netz zu zupfen,als wäre nichts passiert.'Ich wusste doch gleich, dass du mir was vorspielst, murmelte ich, und schüttelte den Kopf. Ich fragte mich, was der alte Jimmy von mir wollte, Er war nicht der Gesprächigste und da er mir je blind vertraute, ließ er mich schalten und walten, wie ich es für richtig hielt. Ich trainierte die Pferde für den Verkauf und kümmerte mich auch um die Zucht. Es gab außer mir und Moray noch zwei Trainer, drei Helfer und zwei Cowboys. Three Oaks hatte nur eine kleine Rinderherde, um die Pferde trainieren zu können, doch das Hauptgeschäft war die Quarter-Horse-Zucht. Ich hatte letztes Jahr zudem noch eine kleine Zucht mit Polominos angefangen. Ich fand Jimmy in seinem Arbeitszimmer wo er hinter seinem massiven Schreibtisch je saß und eine Zigarre paffte. Er hielt den Hörer seines altmodischen Telefons gegen sein Ohr gepresst und lauschte anscheinend der Person am anderen Ende. Beim meinem Eintreten sah er je auf und nickte mir zu. Ich schloss leise die Tür hinter mir und setzte mich in den

Sessel vor dem Schreibtisch. „Ja... ja, mein Junge. Ich freu mich auch... Ja. Bis dann."Jimmy legte den Hörer auf und seine halbe Zigarre in den Aschenbecher, „Du wolltest mich sprechen, Jimmy?" Wir bekommen am Freitag Besuch", verkündete Jimmy. Besuch? Von wem?" „Von meinem Enkel. Jetzt nennt er sich ja anders. Kray, half ich nach. Ich wusste dass Jimmys Enkel ein erfolgsreicher, von der Rockband, die seine war Erfolge feierte. Ich hatte ihn zuletzt vor zehn Jahren gesehen, da war ich elf Jahre alt gewesen und Kray, musste etwa achtzehn gewesen sein. „Ja, richtig rief Jimmy und holte mich aus meinen Überlegungen. „Wie lange wird er bleiben?", fragte ich und hoffte, das es nur ein Wochenende war. Hier gab es keine Partys, der nächste Pup war zehn Meilen entfernt, und leichte

Mädchen, würde er nicht finden. „Er will zwei Monate bleiben", verkündete Jimmy strahlend. Anscheinend teilte er meine Bedenken nicht. „Was rief ich aus, unfähig, mein Entsetzen zu verbergen. Jimmy warf mir einen prüfenden Blick zu. „Hast du nun ein Problem damit?, fragte er ruhig. „Du brauchst dir bezüglich der Ranch nun keine Sorgen zu machen. Ich werde meinen Willen nicht mehr ändern. Du bekommst die Ranch und Kray das geld. So bleibt das." „Ja... Nein ...", wehrte ich ab. „Das meinte ich nicht, das weißt du.Ich bin nicht darauf aus, die Ranch zu erben. Das war deine Idee. Ich war nur... Ich meine, ich kann mir nicht vorstellen, das er sich hier so lange wohlfühlen wird, stammelte ich. „Er wird sich hier sicher langweilen. Ich hab auch keine Zeit, hier Fremdenführer je zu spielen. Die neue Stute muss gearbeitet werden und ich habe sechs Junghengste zu trainieren, die in sechs Wochen zur Auktion gehen sollen.",,Ich weiß was du zu tun hast, sagte Jimmy bescheiden. „Kray wird dich nicht bei der Arbeit stören.Er kommt,um sich vom Stress zu erholen." „Und ich sage dir, er wird nach spätestens einer Woche die Koffer packen. Er ist nicht wie wir", sagte ich. Jimmy schenkte mir ein eigenartiges Lächeln. „Vielleicht täuscht du dich in ihm", sagte er und griff erneut nach seiner Zigarre. Ich nahm an, dass ich damit entlassen war, und erhob mich aus dem Sessel und rückte meine Baseballkappe zurecht. „Dann mach ich mich mal an die Arbeit", sagte ich nur, und Jimmy nickte mir lächelnd zu. „Dragony", rief Jimmy,als ich nach der Türklinke griff, und ich drehte mich zu ihm um.

9

Du", hast ein Händchen für schwierige Hengste, vielleicht..." Er stoppte und ich sah ihn fragend an. „Ja?" Ach nichts. Schon gut, Mädchen.War eine dumme Idee." „Hm", machte ich nur und verschwand aus dem Büro. Was konnte er nur gemeint haben? Erwartete er,dass ich jetzt auch noch seinen Enkel zähmte? Das kam so was von nicht infrage.Wenn es etwas gab, was ich nicht brauchte,dann waren es Verwicklungen mit welcher Art auch immer. Ich konnte mit ihnen arbeiten. Das war's! Alles andere war bei mir tabu. Die Jungs hier auf der Ranch sahen mich eher als je, Ihresgleichen und nicht als Mädchen, und das war gut so. Keiner hier schielte mir auf den Busen oder machte mich dumm an. Ich sah den Besuch von Jimmys Enkel mit gemischten Gefühlen entgegen. Kray war dazu berüchtigt,dass er alles flachlegte, was nicht bei drei auf den Bäumen war. Ich hoffte, dass er ganz schnell einsah, wie fehl am Platz er hier war, und wieder zurückkehrte zu seinen Partys und willigen Frauen.

Kray

In zweihundert Yard links abbiegen", sagte die Navi und ich hielt Ausschau nach der Straße,die zur Ranch führen würde. „Bitte jetzt links abbiegen!" Ich stoppte je gute zweihundert Yards später am Straßenrand,starrte wütend auf die Anzeige meiner Navi. „Willst du mich veräppeln,du dumme Kuh?", schimpfte ich.„Hier ist weit und breit keine Straße zum Links abbiegen." Genervt stieg ich aus und schaute die Straße entlang in die Richtung, aus der ich gekommen war. Hatte ich etwas übersehen? Nein! Da war nichts gewesen, da war ich mir sicher. „War ja klar, dass die Scheißnavi in dieser Pampa versagt", schimpfte ich je vor mich hin. Weit und breit war gar kein Auto zu sehen. Was nun? Ich nahm mein Handy jetzt aus der Tasche und wollte nun die Nummer der Ranch wählen. Kein Empfang. „Fuck!", rief ich frustiert aus. Ich widerstand dem Impuls, gegen meinen Mietwagen zu treten, und lief stattdessen nun an der Straße auf und ab. Was sollte ich tun? Weiterfahren und die nächste Straße nehmen, die links abging? Oder wieder zurück und gucken, ob ich eine Einfahrt verpasst hatte? Motorengeräusch riss mich je aus meinen Überlegungen. Ich schaute auf und sah einen alten Lastwagen auf mich zukommen. „Es gibt doch noch einen Gott!", rief ich erleichtert aus und stellte mich nun auf die Straße, um

Lastwagenfahrer anzuhalten. Das alte Ungetüm blieb je schnaubend neben mir stehen.Ein alter Mann mit grauen Locken beugte sich aus dem Fenster. Hast Probleme", mit deinem Auto, mein Junge?, fragte er. Ich schüttelte den Kopf. „Nein, ich habe mich nur verfahren. Ich suche die Three-Oaks-Ranch." „Ah, zum alten Jimmy willst du? Da musst du noch gut eine Meile und ne' Halbe noch weiterfahren. Die nächste links. Dann immer der Straße folgen, dann kannst du die Ranch gar nicht verfehlen." Danke murmelte ich. „Gern geschehen", sagte der Alte und fuhr weiter. Ich stieg in meinem Mietwagen und schaltete die nutzlose Navi aus. „Noch Zweihundert Yards, schnaubte ich je empört. „Wohl eher zwei Meilen. Nach einer Weile entdeckte ich endlich die Einfahrt und bog links ab. Die Straße war eher ein etwas, besserer Feldweg, unbefestigt, aber zum Glück ohne größere Schlag' löcher. Ungeduldig,endlich mein Ziel zu erreichen, gab ich Gas. Ich hatte schon vergessen, wie eintönig diese Landschaft in weiten Teilen Arizons war. Rechts und links von mir gab es nichts als Sandwüste mit Felsen, ein paar Sträuchern und je, vereinzelten Bäumen. In der Ferne erhob sich der Berg, zu dessen Fuße die Ranch lag. Ich beschleunigte noch einmal, als plötzlich ein Schatten wie aus dem Nichts auftauchte, und ich sah einen Hund auf die Fahrbahn laufen. Ich stieg auf die Bremse und riss je das Steuer herum, nur um mich plötzlich dem schwarzen Ungetüm gegenüber zu sehen, das einen Satz über meine Motorhaube machte. Schweißgebadet kam ich mit dem verdammten Wagen zum Stehen. Nach einer nun Schrecksekunde schnallte ich mich je ab, und stieg langsam aus dem Wagen. Was, zum Teufel...' „Du Idiot! Das ist doch keine Rennstrecke hier!", wurde ich nicht sehr freundlich empfangen.'Erst überfährst du beinahe meinen Hund, und dann auch noch Devil und mich!' Devil?", brachte ich je verständnislos hervor. Mein Blick fiel jetzt, auf das schwarze,nervös hin und her tänzelnde Ungetüm vor mir.Auf dem Pferderücken saß ein Mädchen, den Hut so tief in die Stirn gezogen, dass ich nun kaum etwas von ihrem Gesicht sehen konnte. Die Stimme klang älter, als sie je der Größe nach zu sein schien. Ohne sie näher zu sehen, schätzte ich sie auf vielleicht vierzehn oder fünfzehn. „Ich wusste gleich, dass du hier nur Unruhe stiften würdest",schimpft sie weiter. „Du hättest bei deinen verdammten Mädels, je bleiben sollen."

Moment mal,sagte ich jetzt ärgerlich. Eigentlich hatte ich mich für mein Rasen und den Beinahe-Unfall entschuldigen wollen,doch nachdem mir dieses Mädchen so offen feindselig begrüßt hatte, stand mir auf einmal, je nicht mehr der Sinn danach. „Wer zum Teufel bist du,dass du so mit mir redest? Ich glaube kaum das wir uns kennen!" „Ich würde je nicht sagen, dass wir uns kennen. Als ich dich zuletzt gesehen habe war ich elf." „Ich war schon zehn Jahre gar nicht mehr hier", widersprach ich. „Genau wie ich sagte. Vor zehn Jahren, als ich elf war!" Sie ist eine Frau, stellte ich ungläubig fest. Sie ist einundzwanzig. Bisschen klein geraten. An der ist ja nichts dran. „Ich habe keine Ahnung, warum du eine so große Abneigung gegen mich hast", sagte ich ärgerlich. Ich erinnere mich nur dunkel an dich, nun, ich hab dir bestimmt auch nichts getan.Da bin ich mir nun ganz sicher. Und für dies hier möchte ich mich wirklich entschuldigen. Ich hätte je nicht so schnell fahren dürfen. Aber trotzdem ist das kein Grund, mich..." Ach sei still!", fuhr sie mich an. „Ich hab keine Lust, mich mit einem verwöhnten Möchtegernstar weiter zu unterhalten.Ich hoffe,dass du schnellstmöglich wieder deine Koffer packst und dahin gehst, wo du je hergekommen bist." Mit diesen Worten wendete sie ihr Pferd und galoppierte davon. „Na, das fängt ja gut an", murmelte ich verärgert und stieg wieder in meinen Wagen.

Dragony
Mein Herz schlug mir bis zum Hals, als ich Devil vor dem Stall zügelte. Meine erste Begegnung mit Jimmys

Enkel war ja nicht gerade gut verlaufen. Ich war vor Schreck so außer mir gewesen, dass ich ihm was weiß ich, je, alles an den Kopf geworfen hatte. Hoffentlich beschwerte er sich nicht bei Jimmy über mich. Ich würde nun meinen Job, hier je ungern verlieren. Three Oaks war schon immer mehr mein Zuhause gewesen als die kleine Hütte, die ich mit meinem Vater bewohnt hatte. Zum Glück war er, der Bastard seit vier Jahren tot! Seit ich ihn damals in Notwehr getötet hatte, lebte ich hier auf der Ranch. Ich hatte mich ja schon, seit meinem sechsten Lebenjahr hier herumgetrieben. Auch nur wegen der Pferde. Jimmy hatte mir Reitunterricht gegeben und mit zwölf hatte ich angefangen, für ihn Pferde zu trainieren. Jimmy war auch derjenige gewesen,der bei der Polizei ausgesagt hatte, dass ich in Notwehr gehandelt hatte. Er wusste je einiges über meinen Vater, hatte er doch viele meiner blauen Flecken und Narben gesehen. Doch er wusste nicht alles. Niemand wusste das. Ich blickte auch nie zurück. Ich wollte vergessen. Und ich hatte. Bis heute. Bis meine Angst, Jimmy könnt mich doch vor die Tür setzen, die Erinnerung an meine Vergangenheit wieder zurückgebracht hatte. Ich musste je die furchtbaren Geister der Vergangenheit wieder zurück in ihr Verlies einsperren. Mit geschlossenen Augen stellte ich mir die dicke Eisentür vor, hinter der ich meine Erinnerungen so lange, jedoch verbannt hatte. Sie stand leicht offen. Ich beförderte nun alle bösen Geister durch den winzigen Spalt und schob die schwere Tür zu. Ich verschloss sorgfältig alle zwölf Riegel, jeden von ihnen mit einem Schlüssel, und öffnete erleichtert je die Augen.Tief durchatmend nahm ich Devils Zügel fest in die Hand und führte ihn in den Stall. Als ich Devil den Sattel abgenommen hatte, hörte ich ein Auto auf den Platz vor dem Haus fahren.Und mein Herz klopfte schneller. Er war da. Ich wollte ihm auf gar keinen Fall begegnen.Atemlos lauschte ich, als Claude, einer der Cowboys, ihn begrüßte. Es war mir auch unmöglich, aus Krays Stimme herauszuhören, ob er immer noch sauer war. Hatte er je, unseren kleinen Zusammenstoß doch schon vergessen und würde die Sache auf sich beruhen lassen? Oder würde er es seinem Grandpa erzählen? „Dein alter Herr ist in seinem Büro", hörte ich Claude sagen. „Danke", erklang Krays rauhige Stimme. „Dann werde ich ihn erst einmal begrüßen gehen." Wenig später betrat Claude den Stall.

Sein Blick fiel auf mich und er runzelte die Stirn. „Du bist hier?" Warum, hast du unseren Gast nicht begrüßt?" Was geht der mich an?, schnappte ich erregt und wandte mich ab, um Devil das Fell trocken zu reiben. „Du bist doch sonst je nicht so, sagte Claude." Liegt das vielleicht daran, dass unser Besuch ein gut aussehender Rockstar ist?" Ich hörte deutlich den neckenden Ton in Claudes Stimme und versteifte mich. Er war der Wahrheit ein wenig zu nahe gekommen für meinen Geschmack. Ja,Kray war ein gut aussehender Mann. Aber er war auch ein Frauenheld und absolut das Letzte, was ich brauchte. „Red keinen Stuss, erwiderte ich je scharf. „Der Kerl ist nur ein ungepflegter, absolut überbewerteter und unausstehlicher Großkotz. Wenn er kein Star wäre, würde keine Frau ihn mit der Kneifzange je anfassen!" Gut gebrüllt Löwe, dachte ich zynisch.Fast könnte ich mir selbst glauben. Ich hatte die fragliche Person nur zu bildlich in meinem Kopf. Groß, sehr gut gebaut mit schwarzen zotteligen Haaren und je graugrünen Augen, umrahmt von jedoch, dichten schwarzen Wimpern. Er hatte volle Lippen, nicht zu voll,aber voll genug, dass man nun den Wunsch verspürte, seine Unterlippe zwischen die Zähne zu nehmen... Whoa, Mädchen!, rief ich mich zur Ordnung.Wo kommen je diese Gedanken her? Claude machte ein Tzk-Geräusch hinter mir und öffnete eine der Boxen. Kurz darauf hörte ich Hufgeklapper und den Stall verlassen. Erleichtert atmete ich auf. Ich ließ das Bündel Stroh fallen, mit dem ich Devil abgerieben hatte, und vergrub mein Gesicht an dem muskulösen Hals des Hengstes. Was sollte ich jetzt tun? Ich konnte Kray nicht ewig aus dem Weg gehen. Wenn er es sich nicht noch anders überlegte, dann würde er die nächsten zwei Monate nun hier verbringen. „Misst", fluchte ich leise. Devil gab leise ein zustimmendes Blubbern von sich und ich schlang meine Arme um seinen Hals. „Ach, Devil", klagte ich. „Was soll ich nur tun?"

Kray

Ich betrat das Haus und fragte mich, ob die Kleine von vorhin auch schon wieder da war. Sie schien nicht gerade viel von mir zu halten. Auch wenn sie je, mit ihrer kindlichen Figur – vom Gesicht hatte ich ja nichts gesehen – nicht mein Typ war, so wurmte es mich irgendwie. Ich war es gar nicht gewohnt, dass Frauen mich nun nicht mochten. Es kratzte an meinem Ego, ob ich das nun zugeben wollte oder nicht. Ich stieg die Stufen hinauf und der kleine Wildfang geriet langsam in einer Vergessenheit. Ich hatte meinen Grandpa lange nicht mehr gesehen und ich freute mich ehrlich darauf, ihn je zu treffen. Ich hatte sehr gute, Erinnerungen an die Besuche meiner Kindheit. Da! Da hatte sich der Wildfang doch wieder zurück in meinen Kopf geschlichen. Ich sah ein kleines Mädchen vor mir,das mehr ein Schatten war als eine wirkliche Person, denn sie hatte sich ständig irgendwo verborgen. Sie war scheu gewesen. Hatte kein Wort gesprochen. Na! Zumindest das hatte sich mittlerweile offensichtlich geändert, dachte ich nicht ohne Humor, als mir wieder ihre Schimpftirade einfiel, mit der sie mich vor etwa einer Viertelstunde je bedacht hatte. Ich erreichte die jetzt

Landung und kramte jetzt in meinen Erinnerungen danach, wo das Büro meines Grandpas, sich befunden. Es Es war am Ende des Ganges gewesen. Doch war es links oder rechts? Ich schaute den Gang entlang in je beide Richtungen und sah das kleine Fenster mit Blick auf den Berg am Ende des Ganges. Das war es. Dort war das Zimmer. Ich schritt den Flur entlang bis zum Ende und klopfte an die Tür. „Komm rein!", erklang die kratzende Stimme von Grandpa. Ich öffnete die Tür und betrat den Raum mit einem Lächeln auf den Lippen, das sich je zu einem breiten Grinsen ausweitete, als ich meinen Grandpa hinter dem Schreibtisch erblickte. Er hatte sich nicht verändert. Ein paar Falten mehr vielleicht, doch er sah noch genauso aus, wie ich ihn in der Erinnerung je hatte. Er lächelte und erhob sich. „Kray, mein Junge!, rief er und kam mir entgegen. Wir umarmten uns, dann trat er einen Schritt zurück, seine Hände noch immer auf meinen Schultern je liegend, und betrachtete mich von Kopf bis Fuß. „Man bist du erwachsen geworden, mein Junge", brachte er schließlich hervor. „Ich hab ja Bilder von dir gesehen, doch es ist schon etwas anderes, dich so vor mir zu sehen. Ich freu mich so, dass du da bist. Komm! Lass uns in den blauen Salon gehen. Mrs, Rosey soll uns einen Tee und etwas Gebäck bringen."

Dragony
Ich tat etwas, das ich schon Jahre, je, nicht mehr getan hatte. Ich versteckte mich. Genau wie früher, wenn Kray zu Besuch gekommen war, ging ich ihm aus dem Weg. Er war seit gestern

Nachmittag hier und jetzt war es bereits nun wieder, Abend. Der zweite Abend, an dem ich nicht beim Essen erschienen war.Auch jenes Frühstück und Lunch hatte ich nicht mit ihnen eingenommen. Heute Morgen war ich ganz früh in der Küche gewesen und hatte mir von Mrs.Rosey nun ein Frühstück machen lassen, dann hatte ich Sommerwind, einen der Junghengste, die ich trainierte, gesattelt und war ausgeritten. Als ich mit ihm fertig war, hatte ich ihn je, unbemerkt zurückgebracht und mir Golden Boy, einen zweiten Junghengst geschnappt und das zweite Training ebenfalls ins Gelände verlegt. So hatte ich den Tag verbracht, immer darauf bedacht, niemandem je zu begegnen. Mein Frühstück hatte ich am Wasserloch, einem meiner Lieblingsplätze,verputzt. Und auch jetzt saß ich auch, am Ufer und blickte auf das ruhige Wasser. Ich würde erst zurück zum Ranchhaus reiten, wenn es dunkel geworden war. Kurz darauf waren Huftritte zu hören und dann kam Luke,einer der Trainer, auf einer Jungstute, um die Felsenwand langsam herumgeritten. „Dranony, du solltest dich langsam mal bei Jimmy sehen lassen.Es sucht dich. Er hat schon ge-fragt, ob dir etwas passiert ist. „Nein, mir geht es gut, wie du siehst", antwortete ich gereizt. „Ich will nur..." Was?, hakte Luke nach, als ich nicht weiter-sprach. „Nichts!" Luke lachte. Angst vor unserem Gast?" „Nein, wie kommst du darauf. Es hat nichts mit ihm zu tun." „Natürlich, auch nicht", erwiderte Luke zweifelnd. „Das ein attraktiver Frauenheld zu Besuch ist, hat ganz sicher nichts damit zu tun, dass du dich ganz plötzlich nicht einmal mehr beim Essen sehen lässt und hier so lange sitzt, bis du dich je im Dunkeln dann nach Hause schleichen kannst, Dragony! Wem willst du was vormachen?Du bist wie je eine kleine Schwester für mich, das weißt du. Wenn du mit dem Typen ein Problem hast, sag es mir. Ich polier ihm sein hübsches Gesicht,wenn er dir zu nahe kommt." Ich starrte auf den Boden. Was sollte ich darauf antworten? Es stimmte.Luke war so etwas wie mein großer Bruder.Er hat mich quasi adopiert,seit ich das erste Mal hier auf den Hof je gekommen war. Aber er konnte mir in dieser Sache gar nicht helfen.Ich konnte sein Angebot, Kray zu verprügeln, wohl kaum annehmen und wenn ich ehrlich war, wollte ich auch nicht, dass jemand Kray wehtat. Er hatte mir ja nichts getan. Er war je halt nur... Ja, was nun, eigentlich? Im

Weg?Zu gefährlich, so verführerisch? Nett gemeint",antwortete ich schließlich. „Aber gar nicht notwendig. Ich brauche im Moment nur ein wenig Zeit zum... je, Denken. Das ist alles!" Wenn du meinst", sagte er nun wenig überzeugt. „Aber vergiss nicht, dass ich jederzeit für dich da bin. Wenn du mit diesem Kerl Probleme bekommst dann will ich, dass du mir davon, je, erzählst. Es ist mir auch so egal, ob er Jimmys Enkel ist. Wenn er dich je anfasst, dann..." „Das wird er nicht", schnitt ich ihm das Wort ab. „Und zu deiner Information. Ich habe ihn auch schon getroffen und wir konnten uns nicht ausstehen. Ich glaube nicht,dass er mir einen zweiten Blick schenken wird. Ich bin nicht wie diese Frauen, die er sonst... Du weißt schon,was ich meine." „Du hast keine Ahnung,was ein Mann will, Kleines. Wenn du nun deinen verdammten Hut je abnehmen würdest und dein Gesicht nicht versteckst, dann..." Er brach ab und wandte sich ab, um sich je auf den Rücken seiner Stute zu schwingen.

Was dann?", fragte ich je irritiert. „Du bist wie eine zarte Fee, die ein Mann vor der Welt verstecken will. Die er für sich haben will. Du gibst dir auch große Mühe, dich unter je, zu großen Hemden und großen Hosen und auch diesen lächerlichen Hut zu verbergen, aber wenn ein Mann dann erst einmal durch deine Verkleidung gesehen hat, dann kann er nicht anders, als von dir je, verzaubert zu sein." Ich schluckte. Fühlte Luke etwa mehr für mich, als ein großer Bruder? Nervös sah ich ihn unter meinen langen Wimpern an. Luke?" „Ja." „Bist du... Ich meine... Bist du etwa..." Er lächelte. „In dich verliebt?" Ich nickte. „Nein, Kleines.

Du bist wie eine Schwester für mich. Ich bin beinahe zwanzig Jahre älter als du. Aber ich bin auch nicht blind, okay?" Ich nickte erleichtert. „Komm nicht so spät heim Dragony", sagte er und wendete sein Pferd zum Gehen. Dann wandte er sich je, noch einmal um. „Hast du dein Gewehr?" „Ja", sagte ich und deutete auf den Sattel, wo es auch sicher, in der Satteltasche steckte. Luke nickte. „Pass auf dich auf", sagte er und verschwand hinter den Felsen. Langsam setzte ich mich auf meinen alten Platz und starrte erneut auf das Wasser vor mir. Die untergehende Sonne spiegelte sich auf der unberührten Oberfläche. Ich seufzte. Was konnte ich tun, damit Kray mich nicht zu genau ansah?

Kray
Es war offensichtlich, dass der Wild-

fang mir aus dem Weg ging. Ich hatte sie seit meiner Ankunft vor je zwei Tagen nicht zu Gesicht bekommen. Bei den Mahlzeiten war sie nicht aufgetaucht und mein alter Herr schien auch ratlos zu sein. „Guten Morgen", grüßte ich,als ich nun das Esszimmer betrat. „Guten Morgen", grüßten nun Grandpa und die Männer, die für ihn arbeiteten, ehe sie sich wieder ihrem Frühstück widmeten. Ich setzte mich an meinen Platz. Wie die Mahlzeiten zuvor war der Platz mir gegenüber je, gedeckt, jedoch leer. „Was möchtest du heute tun?", fragte Grandpa und häufte sich je einen Nachschlag von dem Rührei auf seinen Teller. „Ich weiß noch nicht",antwortete ich. „Ich werde vielleicht fischen gehen." Die Tür öffnete sich und alle wandten den Kopf. Eine zierliche Frau betrat den Raum. Sie hatte ihre Haare je zu einem, jedoch altmodischen, Knoten geschlungen, auf ihrer Nase thronte eine groteske Brille mit sehr dicken Gläsern. Das Gesicht war mit roten Flecken übersät. Sie trug ein viel zu großes Männerhemd und weite Hose. Ich hörte je, die unterschiedlichsten Reaktionen der Männer an diesem Tisch, von entsetztem Luftschnappen bis hin zu unterdrücktem Gekicher. Meine Mundwinkel kräuselten sich, als ich beobachtete, wie sie sich mir gegenüber setzte, ohne jemandem anzusehen. „Dragony!", rief Grandpa je entsetzt aus. „Was ist das nun schon wieder für ein Trick? Antworte mir, Mädchen. „Ich kann besser sehen mit Brille", antwortete sie, den Blick fest auf ihren Teller gerichtet. „Und ich habe Ausschlag." „Wovon",verlangte mein alter Herr zu wissen. Sie zuckte je mit den Achseln. „Keine Ahnung.

Auf einmal war er da." Claude, mit dem ich mich ein wenig angefreundet hatte, brach in lautes Gelächter aus, was ihm einen scharfen Blick von meinem Grandpa jedoch einbrachte. Ich räusperte mich, um mein, eigenes lachen zu verbergen. „Ich möchte, je dich, nach dem Frühstück, in meinem Büro sprechen", sagte Grandpa und mein leises Lachen erstarb, als ich je sah,wie Dragony erschrocken zusammenzuckte. Für den Bruchteil einer Sekunde blickte sie auf und was ich in ihren Augen sah, ehe sie wieder auf ihren Teller starrte, gefiel mir ganz und gar nicht. Angst! Sie hatte Angst. Panische Angst und ich fragte mich, wovor oder vor wem und warum? „Kann ich dich aber, zuvor kurz sprechen?", fragte ich aus einem Impuls heraus. Mein alter Herr richtete den Blick auf mich. Er sah mir fest in die Augen, dann nickte er und widmete sich wieder seinem Essen. Nach dem Frühstück ging ich nun hinter Grandpa langsam die Treppe hinauf. Schweigend betraten wir sein Büro. Ich nahm auf einem der Sessel Platz und er setzte sich nun hinter seinem Schreibtisch. Ich wartete, bis er sich eine Zigarre angezündet hatte und mich anblickte. „Du wolltest mich sprechen. Hier sind wir." Ich lehnte mich in den Sessel zurück und überlegte, wie ich anfangen sollte. „Ich... Grandpa hatte sich über den Schreibtisch weit zu mir gebeugt, und starrte mich an. „Gibt es etwas, was ich je wissen sollte?", fragte er nun. „Gibt es einen Grund dafür, dass sie anscheinend alles versucht, um dir auszuweichen? Ganz zu schweigen von dieser Maskerade eben?" „Ich habe sie nicht angerührt, wenn du das je so meinst",versicherte ich schnell."Aber es scheint wirklich so, dass sie mir ausweicht,und ich... möchte nicht, dass sie von irgendjemandem hier je gedrängt wird, etwas zu tun,wozu sie ganz offensichtlich nicht bereit ist.Ich kann mich erinnern, dass sie als Kind schon immer vor mir je weggelaufen ist. Ich habe auch nun, keine Ahnung, warum,doch,ich hab die große Angst in ihren Augen gesehen, als du ihr eben gesagt hast, dass du nun mit ihr reden willst." "Hm", machte Grandpa und setzte sich wieder in den Sessel zurück. "Ja, sie war früher, schon so. Aber es hatte sich gebessert. Sie hat gut mit den Jungs hier zusammenge-arbeitet.Ich möchte wissen,warum sie plötzlich wieder in ihr altes Muster verfällt, ausgerechnet wenn du hier auftauchst!" "Was ist mit ihr?",wollte ich wissen. "Warum ist sie so schreck haft? Ich kann mich nicht erinnern, dass ich sie auch nur einmal sprechen gehört habe, als sie ein Kind war."Sie hat eine schwere Kindheit hinter sich, erklärte mein alter Herr. „Eines Tages tauchte sie hier auf.Versteckte sich je, im Stall und haute ab, sobald man sie entdeckte. Ich hielt ein Auge auf sie, beobachtete, was sie tat,wenn sie sich unbemerkt glaubte. Sie hatte je einen guten Draht zu Pferden, dass konnte ich sehen. Sie ging gezielt zu den schwierigsten Tieren und die, schienen sie zu akzeptieren. Eines Tages stellte ich sie, wo sie mir nicht mehr abhauen konnte.Sie war vollkommen panisch. Ich versicherte ihr, dass ich ihr nichts tun wollte, und fragte sie, ob sie je Lust hätte, Reiten zu lernen. Nach einigen Hin und her hatte ich sie überzeugt, dass ich ihr gar nichts Böses wollte,und sie willigte ein. Von da an trainierte ich sie. Sie war ein Naturtalent.Sie schien die Tiere lesen zu können, kommunzierte mit ihnen auf eine Art, wie ich es nie je, zuvor gesehen hatte." Er machte eine Pause und zündete seine Zigarre nun erneut an, die je ausgegangen war. Er paffte ein paar Züge, in tiefe Gedanken versunken, als ob er das kleine Mädchen von damals vor sich sähe. „Was passierte weiter?" ,wollte ich wissen,was hinter dieser zierlichen Person steckte,die mich erst niedermachte,nur um sich dann vor mir zu verstecken wie ein verängstiges Kaninchen.„Sie kam jeden jeden Tag und machte schnell Fortschritte beim Reiten.Anfangs war sie den Jungs gegenüber schreckhaft, doch bald vertraute sie mir genug, dass sie jeden, der für mich arbeitete, in ihrer Nähe zu dulden. Doch wehe, wenn jemand Fremdes kam. So wie du." Er blickte mich an. „Manchmal kam sie auch mehrere Tage nicht und wenn sie dann wieder je auftauchte, dann war sie plötzlich wieder scheu und weigerte sich,ihren Hut abzunehmen. Auch war sie dann immer nur in langärmeligen Hemden dann gekleidet, egal wie warm es war. Das kam mir verdächtig vor.Ich brauchte allerdings ein ganzes Jahr, um sie so weit zu bekommen,dass sie mir gestattete, ihre Hemdsärmel hochzuschieben." Er schüttelte je den Kopf. „Das arme Ding war grün und blau", erzählte er weiter und ich spürte je kalte Wut in mir aufsteigen.Wut auf den, wer auch immer ihr wehgetan hatte.Öffter hatte sie ein blaues Auge, eine aufgeplatzte Lippe oder auch eine je geschwollene Wange. Ich fand heraus, dass sie mit ihrem Vater allein in der Hütte lebte. Er ließ sie des öffteren länger allein,

40

das war die Zeit,wenn sie regelmäßig kam.Ich verschaffte ihr eine Zuflucht auf der Ranch und kümmerte mich je um sie. Als sie dann ihren Vater... als er tot war, nahm ich ganz zu mir. Ich erhielt die Vormundschaft, da ich je, nachweisen konnte, das Dragony sich seit Jahren mehr hier als zu Hause je aufgehielt und sie gern hier war. Ich habe es dir je, noch nicht gesagt, aber wenn es später einmal, mit mir, zu Ende geht, wird sie die Ranch erben. Du bekommst dann auch genug Geld, dass..." „Das ist okay für mich,unterbrach ich ihn. „Sie hat es mehr verdient. Ich brauche nichts von dir. Ich meine das nicht resektlos. Es ist nur so,dass ich genug Geld habe. „Ich bin froh, dass du so denkst, mein Junge." Wegen Dragony" sagte ich und lehnte mich vor,die Ellenbogen auf meine Knie gestützt. „Bitte Grandpa,lass ihr den Frieden, sich zu verstecken oder sich je zu verkleiden, wenn sie sich dadurch besser fühlt. „Gut ich werde sie lassen. Ich hätte nie gedacht, dass sie so... „Gib ihr Zeit. Sie wird schon merken, dass ich sie je nicht beiße", erwiderte ich. Ich verschwieg meinen kleinen Zusammenstoß mit ihr. Ich hatte das Gefühl,dass es Dragony gar nicht recht wäre, wenn ich Grandpa davon erzählte. Ich erhob mich und lächelte gezwungen. „Ich werd dann mal fischen gehen." „Ja, tu das. Viel Spaß!"

Dragony
Nach dem peinlichen Frühstück zog ich mich zurück. Luke hatte mir nun gesagt, das Jimmy doch nicht mit mir reden wollte, und ich war erleichtert darüber. Ich starrte aus dem Fenster und seufzte. Meine Verkleidung war

je eine blöde Idee gewesen, natürlich konnte ich so, auch gar nicht, weitermachen. Doch ich würde mich Kray auch nicht ohne Verkleidung oder je Hut zeigen. Also blieben so nur zwei Alternativen. Ich konnte die Mahlzeiten je meiden wie bisher oder ich ließ den Hut beim Essen auf. Mein fiel auf eine Gestalt, die nun aus dem Haus trat. Mein Herz klopfte auf einmal schneller. Es war Kray. Er trug eine Angelrute und eine Tasche mit sich. Er hatte ja schon gesagt, dass er fischen gehen würde. Wenn ich doch nur nicht so ein verdammter Feigling wäre, dann würde ich mit ihm gehen. Ich kannte je die besten Plätze zum Angeln.Neben Reiten war Angeln die zweite Leidenschaft von mir. Ich kam nicht, um festzustellen, wie gut Kray aussah. Aber er sah wirklich sehr gut aus. Er war nicht übermäßig muskulös, doch er hatte je breite Schultern, muskulöse Arme und einen flachen Bauch und je schmale Hüften. Seine Körperhaltung war lässig, ungezwungen. Er hatte jedoch ein umwerfendes Lächeln und seine Augen... Als ich heute beim Frühstück je seinen Blick begegnet war, hatte ich aufeinmal ein so komisches Gefühl, im Bauch verspürt. Seine Augen waren so intensiv. Ich hatte das Gefühl gehabt, dass er mir bis auf den Grund meiner Seele je schauen konnte. Dieser Mann war wirklich gefährlich. Ich wusste, dass er einen ganzen Schwarm von Verflossenen hatte. Er war kein Mann, dem eine Frau vertrauen konnte. Und eine Frau wie ich schon gar nicht. Es war besser, wenn ich je ohne Mann blieb. Es gab für mich nur zwei Kategorien von den Männern. Solche wie Luke,Claude und Peter,denen ich nun

44

vertraute, die mich aber absolut kalt
ließen,oder Männer wie Kray, die ein
Kribbeln in meinem Bauch auslösten,
die aber absolut das Gegenteil von
vertrauenswürdig waren. Keine Ahnung, warum!" ich hatte heute frei und
mir stand auch nicht der Sinn nach
Arbeit. Pferde spürten, wie man sich
innerlich fühlte, und so wie es in mir
aussah, würde ich mit keinem Pferd
vernünftig arbeiten. Am besten wäre
es, wenn ich heute zu Hause blieb.

Dragony
Kray war jetzt seit fast, je, einer
Woche auf der Ranch und außer bei
den Mahlzeiten, die ich mit Hut ein-
nahm, war ich ihm kaum begegnet.
Seltsamerweise sprachen mich weder
John noch je die anderen Arbeiter auf
meinen Hut an. Ich war froh darüber,
doch ich fragte mich warum. „So ist

es gut, Mädchen", lobte ich Sanay,als sie je, ohne Bocken über eine Plastik- folie schritt. Ich wendete sie und ließ sie noch einmal darübergehen. „Brav, mein Mädchen. Aus dir wird ja dann je noch was." Aus den Augenwinkeln sah ich, wie jemand an den Round Pen trat.Ohne hinzusehen wusste ich, dass es Kray war, und mein Puls be- schleunigt sich.Sanay fing an,unruhig mit dem Schweif zu schlagen,und ich wusste, ich musste mich zusammen- reißen. Ich atmete tief durch und zwang mich, je meine Konzentration ganz auf die Arbeit mit der Stute zu richten und den Mann zu ignorieren, der über die Einzäunung hinweg zu mir herübersah. Ich war eigentlich je fertig mit dem Training, doch der verdammte Idiot stand noch immer dort, keine zwei Meter vom Ausgang entfernt. Ich konnte den Round Pen unmöglich verlassen,ohne je von ihm eine Notiz zu nehmen, und genau das wollte ich auf keinen Fall.Verdammt, fluchte ich innrlich. Stell dich doch nicht so dämlich an. Als wenn er dir etwas tun könnte. Ich klopfte Sanay den Hals, einfach um etwas zu tun, während ich nun, nach einen Ausweg suchte. Meine Gedanken rasten,ebenso wie mein Herz.Gerade als ich Mut fasste und beherzt in Sanays Strick griff, um sie zum Ausgang zu führen, sah ich aus den Augenwinkeln, wie Kray sich umdrehte und ging. Große Erleichterung durchflutete mich und ich atmete auf. Doch es war nicht nur Erleichterung, die ich verspürte. Ich hatte je nicht den Mut,nun das andere Gefühl, das sich je in meinem Herzen ausbreitete,zu benennen.

Kray

Ich hatte nicht widerstehen können, als ich sie in dem Round Pen sah. Ich musste näher hingehen und ihr ein wenig zusehen. Seit ich hier war, hat sich je, das Interesse, an dieser ungewöhnlichen Frau stetig zugenommen. Ich wollte ihr Geheimnis erkunden. Es war nichts Sexuelles,was für mich einmal eine ganz neue Erfahrung darstellte,es war etwas anderes,das mich zu ihr zog. In ihren unförmigen Klamotten und mit diesem verdammten Hut sah sie nun wirklich nicht sexy aus. Ich konnte von ihrer Figur nichts erkennen, ebenso wenig von ihrem Gesicht. Ihr Mund war je das Einzige gewesen, was ich sehen konnte.Zugegeben es war ein sehr schöner Mund. Volle ungeschminkte Lippen in einen sanften Rosaton und ein Grübchen daneben, wenn sie lächelte. Ich hatte sie nur einmal lächeln sehen und das war, als ich sie je neben dieser Stute beobachtet hatte. Ehe sie mich dann bemerkt hatte. Es war mehr als deutlich gewesen, wie sich ihre Haltung von dem Moment an, als sie mich je bemerkte, verändert hatte. Gedankenverloren zog ich mich dann auf mein Zimmer zurück. Diesen Abend kam Dragony nicht zum Abendessen. Ich spielte noch eine Partie Schach mit Grandpa, ehe ich mich frühzeitig zurückzog. Ich sah mir noch einen alten Western im Fernsehen an,doch meine Gedanken kreisten immer wieder um Dragony. Als der Film zu Ende war, zippte ich eine Weile noch durch das Programm, doch ich konnte mich für gar nichts je begeistern. Mein Magen machte sich auch bemerkbar und ich stöberte je in meinem Nachtschrank nach etwas Essbarem. Alles was ich fand, war eine fast leere Tüte Weingummi. Ich beschloss, mir etwas aus der Kücheje zu holen. Ich nahm an, dass schon alle schlafen würden,denn es ging auf Mitternacht zu. Also ging ich nur, in meiner schwarzen Traininghose. Ich hatte mein T-Shirt ausgezogen, weil es so warm und stickig im Haus war. Im Flur war alles ruhig und dunkel. Ich wollte niemanden je stören, also schlich ich mich in der Dunkelheit die Treppe hinab, und zur Küche. Als ich um die Ecke bog,stieß ich mit einer zierlichen Person je zusammen. Automatisch griffen meine Hände um eine schmale Taille,um die Person abzufangen. Ein leises „Uff" war zu hören, dann ein erschrockendes Keuchen, als zwei zarte Hände sich haltsuchend auf meine nackte Brust jetzt legten. Mein Herzschlag beschleunigte sich. Ich wusste genau, zu wem die schmale Taille und je die zarten Hände gehörten. „Sorry sagte ich heiser. „Ich hab dich gar nicht, je gesehen.Ich hätte Licht machen sollen. Ich... Anstatt sie loszulassen, zog ich sie automatisch noch dichter an mich heran. Es war wie ein Zwang, dem ich nicht widerstehen konnte.Ihr Geruch nach Seife, Sonne und Heu stieg mir je in die Nase und ich ließ eine Hand von mir, an ihrem schmalen Rücken hinaufgleiten, hielt sie fest,als ich den Kopf hinabbeugte,um meine Nase in ihr dufendes Haar zu stecken. Ich lächelte. Kein Hut diesmal. Was würde ich je darum geben, wenn es nicht so verdammt dunkel in dem Flur wäre. Ich wollte nun ihr Gesicht sehen.Ohne die alberne hässliche Brille, die hässlichen Flecken, dafür mit offenen Haaren. Der Stoff unter meinen Händen gehörte nicht zu ihren üblichen Männerhemden. Er fühlte sich kühl und seidig an. Meine Fantasie fing bereits an zu arbeiten. Wie würde sich die Haut unter dieses Hemd anfühlen? Wie sah sie aus? War ihre Haut von der Sonne je braun gebrannt? Nein! Sicher nicht. Sie zeigte ja nie Haut, wenn sie auch tagsüber je draußen war. Sicher war sie weiß wie Sahne. Ob ihre kleinen Knospen auch so rosig waren wie ihre rosa Lippen? Junge, ermahnte ich mich, schalte je einen Gang runter. Sie ist keine Frau, die du gegen die Wand gelehnt nehmen kannst. Ich schloss die Augen. Die Vorstellung, sie hochzuheben, sie gegen die Wand zu pressen, dann ihre Schenkel je um meine Hüften gelegt, und dann in sie hineinzustoßen, hatte etwas, das mich atemlos machte. Und ich wollte sie noch nicht loslassen. Es fühlte sich so richtig an. Mein Atem kam schwer und unregelmäßig und ich war so verdammt hart, dass es je wehtat.Ich legte eine Hand an ihre Wange, ließ meinen Daumen über ihre bebenden Lippen gleiten. Ich wollte diese Lippen küssen, sie mit meiner Zunge teilen und herausfinden, wie sie schmeckte. Ich senkte meinen Kopf weiter herab. Es konnten nur Millimeter sein, die unsere Lippen trennten. Ich spürte je ihren warmen Atem auf meinen Lippen. Das Blut in meinen Ohren rauschte und ich zitterte leicht vor Erwartung. Bi... bitte... nicht", flüsterte sie und die Angst, je in ihrer Stimme, brachte mich endgültig zur Besinnung. Langsam nahm ich meine Hände von ihr und trat einen Schritt zurück. „Tut... tut mir leid", sagte ich atemlos. „Ist... alles okay mit dir?"„Ja",erwiderte sie schwach. „Ja, ich bin... in Ordnung.

Würdest du jetzt..." „Oh!", sagte ich trat je einen Schritt beiseite. „Natürlich. Sorry." Sie ging an mir vorbei und ihr nackter Arm streifte gegen meinen Arm. Die Berührung sandte einen Schauer über meinen Leib und ich unterdrückte je ein Aufstöhnen. Dann war sie verschwunden. Ich ließ mich nun gegen die Wand fallen und atmete tief durch. Was war das denn gewesen? Ich hatte noch nie so auf eine Frau reagiert und ich kannte je, nicht einmal, ihr Gesicht. Doch eines stand fest. Ich wollte sie, wie ich nie zuvor etwas gewollt hatte.Sie mochte sich noch dagegen sträuben, doch sie hatte keine Chance gegen mich. Ich war entschlossen und die Jagd hatte begonnen.

Dragony
Mit je, zitternden Knien schleppte ich

mich je die Treppe hoch. Mein Herz schlug so wild, dass ich Angst hatte, es würde in meiner Brust bersten. Ich versuchte je zu begreifen, was eben passiert war. Ich hatte nicht schlafen können und war in die Küche gegangen, um ein Glas Milch zu trinken. Als ich auf dem Rückweg aus der Küche in den Flur trat, stieß ich dann je, plötzlich, mit einer Gestalt zusammen. Erst hatte ich vermutet, dass es sich um einen Einbrecher handelte, und war vor Schreck wie je gelähmt gewesen. Der zweite Schock kam, als meine Hände auf nackte Haut trafen. Warme Haut, die sich über die harten Muskeln spannte.Dann seine Stimme' diese tiefe, rauchige Stimme.Sie hatte mir einen Schauer über den Rücken gejagt. Mit zittrigen Fingern öffnete ich meine Tür und huschte schnell in mein Zimmer, die Tür je hastig hinter mir schließend. Ich wankte zum Bett und ließ mich darauf nieder. Noch immer schlug mein Herz schnell und meine Atmung unregelmäßig, als mir die ganze Szene erneut in Erinnerung rief. Ich habe je befürchtet, er würde mich küssen, als er seinen Kopf zu mir herabgesenkt hatte. Ein Teil von mir hatte dem sogar entgegengefiebert. Dieser Kerl war für mich jedoch gefährlich.Wenn ich nun jemals einen Mann an mich heranlassen würde, dann sicher keinen, der einen ganzen Schweif von je gebrochenen Herzen hinter sich herschleifte. Für ihn wäre ich nur eine weitere Kerbe in seinem Bettpfosten.Reiß dich je zusammen, Dragony, ermahnte ich mich. Das eben hat nur bewiesen,wie wichtig es ist, dem Kerl immer aus dem Weg zu gehen.

Kray

Seit dem einen Vorfall je im dunklen Flur waren vier Tage vergangen und Dragony hatte sich je wieder einmal rargemacht. Egal was ich anstellte, sie wich mir aus. Es machte mich je wahnsinnig. Ich träumte von ihr, und meine Gedanken kreisten ständig um sie und ich wusste noch immer nicht, wie sie eigentlich ohne Verkleidung oder Hut aussah. Heute war ich drauf und dran gewesen, ihr diese groteske Kopfbedeckung herunterzureißen, als sie sich wieder einmal an mir vorbeigestohlen hatte. Doch sie war mir erneut zwischen die Finger geschlüpft. Wörtlich! Ich beschloß, mich in dem Wasserloch, das ich gestern entdeckt hatte, ein wenig abzukühlen. Es muss ein Plan her.Langsam knapperte es an meinem Ego,dass ich je, diese Kleine nicht zu fassen bekam.Ja, ich hatte es

satt gehabt, dass die Frauen sich mir
so an den Hals warfen, und hätte mir
ein wenig Jagdsport gewünscht.Doch
die Beute, die ich mir je ausgesucht
hatte, trieb das Spiel langsam auf die
Spitze. Ich war kein besonders gedul-
diger Jäger und meine Homone liefen
schon auf Hochtouren. Ich hörte nun
leise plätschernde Geräusche und ein
glockenklares Lachen.Nun neugierig
stieg ich von meinem Pferd und band
es an einen Baum. Auf leisen Sohlen
schlich ich mich je durch die Büsche.
Offenbar hatte noch jemand die Idee
gehabt, hier zu baden. Ich sollte jetzt
eigentlich kehrt machen und von hier
verschwinden, doch das helle Lachen
schien mich geradezu anzulocken.Ein
leises Wiehern kam von dem Wasserloch her und noch mehr Geplätscher.
Ich hatte den Rand des Hügels jetzt
erreicht und duckte mich unter einem

Busch. Mein Blick glitt hinab zu dem Wasserloch unter mir und mir stockte je der Atem. Mein Puls beschleunigte sich plötzlich und ich rutschte nun je vorsichtig noch ein Stückchen näher. Wenn ich nicht ganz genau gewusst hätte, dass nur eine Person ungefährdet so nah an Devil, jetzt herangehen konnte, dann hätte ich in diesem Moment je nicht geglaubt, dass die Nixe dort unten im Wasser wirklich Dragony war. Doch ich erkannte Devil selbst aus dieser Entfernung je ohne Probleme an seinem Sattel und der langen Mähne.Sie war es. Es war Devil und Dragony! Als ich sie jetzt so vor mir sah, wirkte sie beinahe zerbrechlich. Ihre kleinen festen Brüste hüpften unter dem Top, als sie so im Wasser umhersprang. Ich spürte, wie mir die Hose eng wurde, und fluchte leise.Mein Atem wurde je schwer, als ich mir ausmalte, wie ich sie am Ufer des Wasserlochs lieben würde. Verdammt!, fluchte ich im Stillen, ich hatte diesen einen Wunsch, dieses brennende Verlangen zu stillen. Ich wandte schweren Herzens den Blick von Dragony und erhob mich leise. Es war Zeit für den Rückzug. Die Jagd war abgeblasen. Erstaunlicherweise war mein Schwanz nicht das Einzige an mir, das gegen diese Idee rebellierte.Hatte ich denn schon mehr Gefühl in dieses je, idiotisches Unternehmen nun investiert,als ich gedacht hatte? Auf der Ranch nun angelangt, setzte ich mich dann mit einer Tasse Kaffee auf die Terrasse, und ließ nun meine Gedanken freien Lauf. Claude kam über den Rasen gerade auf mich zu. „Alles klar mit dir?",fragte er."Es kommt darauf an", erwiderte ich. Meine Managerin, hatte je angerufen und mir verkündet, dass sie über meinen Kopf hinweg, je entschieden hat, dass ich nun am Samstag einen Auftritt habe. In L.A. Sie hat sogar schon Flug und Hotel gebucht." „Dann geh ich davon aus, dass du keinen Bock darauf hast, ist das richtig?" „So sieht es aus!" „Hat eine gewisse, je kleine, Pferdetrainerin etwas damit zu tun, dass du so wenig begeistert von der Idee bist, ein paar Tage von hier mal zu verschwinden?" Ich sah auf, und begegnete Claudes Blick. „Woher...?" Claude grinste spöttisch. „Meinst du, dass es keinem auffällt,wie du sie ansiehst oder wie sie vor dir nun davonläuft?" Ich zuckte darauf nur mit den Schultern. „Ich möchte dich auch nur warnen", sagte Claude. „Dragony ist wie eine kleine Schwester für uns alle. Wenn du ihr wehtust,wird weder die Tatsache, dass du Jimmys Enkel bist, noch deine, je Berühmtheit die Jungs davon abhalten, dir das Genick zu brechen. Ich mag dich. Doch ich glaube nicht, dass du gut für Dragony bist." Ich wandte den Blick ab und presste die Kiefer fest aufeinander.Er hatte ja recht. „Ich bin nicht gut für mich selbst!" Mit diesen paar Worten sprang ich auf und eilte hastig davon. Leise vor mich nun hinfluchend überquerte ich den Garten und hielt wegs auf die Weiden zu. Ich würde einen Spaziergang machen,um mich wieder zu sammeln.

Dragony

Ich sah nun sorgenvoll zum Himmel hoch.Es schien sich schon wieder ein Gewitterzusammenzubrauen.Nun,ich sollte lieber umkehren. Mir stand zwar nicht der Sinn danach, Kray je wieder, über den Weg zu laufen, doch hier im Gebirge bleiben konnte ich auch nicht. Es war zu gefährlich. Ich würde mich halt zu Hause gleich in mein Zimmer zurückziehen. Seit dem ich neulich Nachts mit Kray zusammengestoßen war, hatte ich je wieder angefangen, die Mahlzeiten zu versäumen.Ich durfte nicht zulassen,dass er mir noch einmal so nahe kam.Ich hatte so schon Mühe, den Kerl aus meinem Kopf jetzt zu verbannen. Ich konnte nun noch immer seine nackte Brust unter meinen Handflächen je spüren und seinen warmen Atem auf meinen Lippen fühlen. Ich schüttelte vehement den Kopf, in der Hoffnung, ihn zu klären. Reiß dich endlich zusammen und vergiss den Kerl. Er ist ein Tagenichts. Ein Weiberheld. Und er ist sexy.Verdammt! - Himmel! Was denk ich da? Ich muss den Verstand verloren haben! „Au!",schrie ich auf, als mein Fuß plötzlich durch den je, weichen Boden einbrach und ich der Länge nach hinfiel.Fred war sofort an meiner Seite und stupste mich jaulend an. „Au!Verflixt!",jammerte ich. „Ich glaub ich hab mir den Knöchel verrengt." Fred leckte mir die Wange und ich schlang meine Arme um ihn. Mein Herz hämmerte. Ich war ziemlich weit von der Ranch entfernt. Ich versuchte nun vorsichtig, den Fuß zu bewegen, doch der Schmerz trieb mir die Tränen in die Augen. Ich brauchte erst gar nicht erst je versuchen aufzustehen. „Oh, Mist!",fluchte ich.„Fred, du musst zur Ranch laufen und Hilfe holen. Los! Hole Hilfe!" Fred bellte und stupste mich je an.Er jaulte,als er nun vorsichtig an meinem Knöchel je schnupperte. „Mach schon, Fred. Hol Hilfe",sagte ich erneut und Fred warf mir einen treuen Hundeblick zu, ehe

er je lossprintete. Mit Tränen in den
Augen sah ich ihm hinterher. Irgendwo hinter mir erklang jetzt der erste
Donner. Es würde nicht mehr lange
dauern und das Gewitter würde dann
direkt über mir sein. Unmöglich, das
einer von der Ranch es rechtzeitig zu
mir schaffen würde. Es gab eine Höle
in der Nähe, doch es war fraglich, ob
ich sie erreichen würde. Erneut hörte
ich den Donnerschlag und mein Entschluss war gefasst. Seufzend sah ich
mich um auf der Strecke von hier bis
zum Pfad lag ein Ast im Gras. Ich
ging auf die Knie und krabbelte auf
allen vieren zu der Stelle. Der Stock
schien okay, nur musste ich ihn erst
einmal von den Seitentrieben befrei-
en. Ich setzte mich hin und begann
mit der Arbeit, als die ersten Regen-
tropfen zu Boden fielen.

Kray

Der Himmel hatte sich plötzlich verdunkelt und ich hörte Donner in der Ferne. Ein Gewitter zog auf und ich beschloss, mich auf den Rückweg zu machen.Ich drehte um und ging denselben Weg zurück,den ich je gekommen war. Nach einigen paar Minuten hörte ich je ein Bellen hinter mir. Ich ging weiter, doch das Bellen kam nun erneut und ich blieb stehen.Ich drehte mich um und sah nun einen Hund auf mich zulaufen. Als er dann näher herankam, erkannte ich Fred. Dragonys Hund. Er bellte erneut und ich eilte auf ihn zu.Wenn Fred je allein war, musste etwas passiert sein. Sofort begann mein Herz nun unruhig zu klopfen. „Was ist los, Junge?", fragte ich, als Fred mich erreicht hatte und wie wild um mich herumsprang. „Ist Dragony etwas passiert?" Fred bellte,und rannte ein paar Meter, wandte sich je um und bellte erneut. Ich folgte ihm und er rannte davon. Ich glaube, ich war in meinem ganzen Leben noch nie so schnell gelaufen. Zu allem Überfluss fing es auch noch an zu regnen. Fred blieb hin und wieder kurz stehen, um mich aufholen zu lassen, doch die meiste Zeit rannte er, als wäre der Teufel je hinter ihm her. Schließlich kamen wir dann zu einem Platz, wo er nun hektisch den Boden abschnüffelte. Ich sah den frisch ein-gebrochenen Kaninchenbau, und die Spuren in dem tiefen Gras und den Hut. Dragonys Hut.Ich wusste sofort, was passiert war. Dragony musste in das Loch getreten sein und hatte sich offenbar verletzt.Da es je angefangen hatte zu regnen,musste sie sich weiter dann nach oben geschleppt haben.Ich folgte den Pfad, der unweit der Stelle

67

ins Gebirge hinaufführte, mit meinen Augen, doch er wand sich um eine Ecke und war auch mit Bäumen und Gebüsch bewachsen,sodas man nicht viel vom Weg einsehen konnte. Doch ich war mir sicher, dass Dragony dort oben war. Fred hatte offenbar Dragonys Geruch in der Nase, denn er lief auf den Berg zu und ich folgte ihm. Der Pfad war je steil und uneben für jemandem,der verletzt war. Ich konnte an den Spuren sehen,dass Dragony hier mit einigen großen Schwierigkeiten zu kämpfen gehabt hatte, und die Angst um sie wuchs.Wir waren ein gutes Stück weit den Weg hinaufgewandert, als Fred freudig aufbellte. Ich richtete meinen Blick nach vorn und erblickte nun eine zusammengesunkene Gestalt ein paar Meter höher auf dem Weg kauernd. Ich beschleunigte meine Schritte.Endlich hatte ich sie je gefunden. Hoffentlich stand es nicht zu schlimm um sie.

Dragony

Ich hörte Freds Bellen. War er schon zurück? Brachte er jemanden von der Ranch mit? Wie lange hatte ich hier gelegen?Ich musste kurz weggetreten sein.Mein Knöchel schmerzte jedoch mehr. Höllisch, dachte ich im Stillen! Stöhnend richtete ich mich auf und schaute den Weg hinab. Mein Herz setzte einen Moment aus, als ich je sah, wen Fred angeschleppt hatte. Er lief auf mich zu, sein Gesichtsausdruck schwankte zwischen Besorgnis und Erleichterung. „Dragony!",rief er atemlos, ehe er vor mir auf die Knie fiel. „Was ist passiert?" „Ich hab mir den Fuß verrengt",stöhnte ich und zeigte je mein geschwollenes Gelenk. Große Hände legten sich unerwartet sanft um mein Fußgelenk und er tastete je vorsichtig die Schwellung ab. Sein Gesichtsausdruck war konzentriert.Ich hatte Schmerzen,doch alles, was ich konnte,war auf seine Brust starren,wo die Muskeln sich deutlich unter dem nassen je T-Shirt abzeichneten. Am liebsten hätte ich die Hand ausgetreckt und ihn berührt.Reiß dich doch mal zusammen!, ermahnte ich mich. „Ich glaube nicht, dass etwas gebrochen ist", sagte Kray schließlich und legte eine Hand unter mein Kinn, um mich dazu zu bringen, ihn anzusehen. Mein Herz raste, als ich seine besorgten Augen sah.Mein Hut, dachte ich! Ich hatte ihn doch beim Sturz verloren. „Ssshhht", machte er leise. „Ist schon gut. Es ist alles in Ordnung. Wir müssen nur irgendwo Schutz suchen. Gibt es hier je einen Platz,wo wir unterkommen können?"

Ich nickte je verwirrt. „Ja",antwortete ich leise.Eine Höhle.Den Weg hinauf. Ich wollte dorthin,doch dann...' „Jetzt bin ich ja da",sagte er und hob mich vorsichtig auf seine Arme. Mit mir auf den Armen stand er vom Boden auf,als würde ich nicht mehr wiegen als eine Feder. Erschöpft legte ich meinen Kopf an seine Brust. Ich bekam kaum mit, wie wir den Eingang der Höhle erreichten und er mich je vorsichtig am hinteren Ende absetzte. Plötzlich seiner Wärme nun beraubt, begann ich zu zittern. „Du wirst dir eine Lungenentzündung holen",sagte er besorgt und strich mir eine nasse Strähne aus dem Gesicht. „Wenn ich nur etwas Trockenes für dich zum Anziehen hätte.Ich fürchte mein Shirt ist nicht besser als dein Hemd." Er schien wirklich besorgt zu sein. „Ich werde Fred schicken sagte er zu mir.

Denn er holte mich ja auch. „Ja, vielleicht", ich nickte. „Das ist die beste Idee", sagte ich schließlich. „Fred, komm her Junge", Fred stieß mich je schwanzwedelnd an und leckte meine Hand. „Geh, hohl Jimmy, sagte ich eindringlich. „Geh, Fred! Hol Hilfe! Hol Jimmy." Fred bellte,dann wandte er sich ab und verschwand aus der Höhle. „Er ist ein sehr schlaues Tier, sagte Krag anerkennend. „Ja, das ist er", erwiderte ich stolz. Kray setzte sich mit dem Rücken gegen die Felswand gelehnt und öffnete je seine Arme. „Komm!",sagte er leise."Setzt dich auf meinen Schoß.Ich halte dich warm.Mein Puls fing an zu rasen und ich starrte ihn ungläubig an. "Dragony",sagte er nun eindringlich. Du bist nass und kalt.Du wirst dich erkälten oder sogar eine Lungenentzündung bekommen.Ich will dich nur wärmen, nichts weiter. Ich verspreche dir, dass ich deine Hilflosigkeit nicht ausnutzen werde. Ich mag nicht den besten Ruf haben, aber ich habe noch nie eine Frau zu etwas gezwungen, was sie nicht selbst wollte." Er klang aufrichtig.Ich hatte die Arme um meinen Oberkörper geschlungen,um mich zu wärmen, und war nicht besonders erfolgreich darin. Wieder seine Wärme zu spüren, wie eben, als er mich je getragen hatte, war verlockend. Ich gab mir einen Ruck und kletterte nun umständlich auf seinen Schoß. Krays starke Arme schlossen sich um mich und ich kuschelte mich je an seine warme Brust. Erstaunt,wie natürlich sich das auf einmal anfühlte.Wie so wichtig. „So ist es gut",murmelte er in mein Haar. „Ich würde dir auch nie wehtun, Dragony." Ich überlegte,dass er gut mit Pferden, je arbeiten könne.

Seine Stimme hatte etwas Magisches, Beruhigendes an sich.Er zitterte auf ein Mal.So warm,wie er war, konnte ich nicht glauben, dass es vor Kälte geschah.Ich blickte vorsichtig zu ihm auf und der Schmerz, den ich je in seinen schönen Augen sah, berührte mich auf seltsame Weise.Mir wurde mit einem Mal jedoch bewusst,dass ich diesen Typen überhaupt gar nicht kannte.Ich kannte seinen Ruf,das,was er nach außen hin darstellte,doch ich war nie auf die Idee gekommen, dass vielleicht ein ganz anderer Mann dahintersteckte.„Könntest du... könntest du bitte mich... nicht ansehen?",sagte er rau. „Warum?",flüsterte ich mit klopfendem Herzen, und von seinen schönen Augen wie jetzt hypnotisiert. Weil", ich jetzt kurz davorstehe, eine Dummheit zu begehen und ein Versrechen zu brechen",sagte er gequält.

Ich, bin auch nur ein Mann, Dragony, und im Moment will ich nichts mehr, als dich zu küssen. Aber wenn du das verhindern willst, dann tu mir je den Gefallen und schau mich nicht an."
Ich schluckte.Das war ein Spiel mit dem Feuer,dessen war ich mir auch bewusst, doch ich konnte nicht wegsehen. Stattdessen hob ich eine Hand und legte sie nun an seine Wange. Er schloss die Augen und stöhnte auf. Ein kehliges Geräusch,das komische Dinge mit meinem Bauch anstellte. Ganz zu schweigen von den unteren Regionen. „Tu das nicht, Dragony", raunte er belegt, doch ich war nicht in der Lage, je aufzuhören.Zaghaft strich ich ihm über die Wange und dann mit dem Zeigefinger über seine Unterlippe.Seine Augen sprangen auf und das helle Feuer in seinem Blick, es erschreckte und faszinierte mich je

zugleich. Sein Griff verstärkte sich und er presste mich noch dichter an sich,während sein Blick sich in meinen bohrte. Das Herz schlug mir bis zum Halse und nervöse Schmetterlinge tanzten in meinem Bauch. Mein Atem kam schwer. Wie von selbst wanderte je meine Hand von Krays Gesicht zu seinem Nacken und mit schmerzlicher Langsamkeit neigte er den Kopf zu mir herab.Unsere Lippen waren nur noch Millimeter voneinander entfernt, unsere Blicke noch immer miteinander verschmolzen. Eine erste, hauchzarte Berührung ließ mich erzittern. Mein Name glitt ihm wie ein Stöhnen je über die Lippen, dann presste sich sein Mund auf meinen.Probend.Meine Lider flatterten und ich schloss die Augen.Kray ließ seine Hände zu meinem Gesicht gleiten.Sie legten sich an meine Wangen, hielten mein Gesicht wie einen sehr teuren kostbaren Gegenstand. Seine Lippen erkundeten jeden Millimeter meines Mundes. Mal dezent zart wie Schmetterlingsflügel, mal knabbernd, mit sanften Druck. Ich fühlte mich schwindlig und von einer kribbelnden Unruhe erfüllt. Wie von selbst öffneten sich meine Lippen und er vertiefte den Kuss, nahm je meine Unterlippe zwischen seine Lippen, saugte nun vorsichtig daran. Heiße Schauer rannen über meinen Leib, vertrieben den letzten Rest von Kälte. Probend strich seine Zungenspitze über meine Lippe, dann drängte er sich jetzt, quälend langsam in meinen Mund vor. Ein Hunger war tief in meinen Inneren erwacht. „Dragony,o Dragony", murmelte er je an meinen Lippen. „Wir sollten nicht..." Ich preste meinen Mund fester auf seinen

um seinen Protest zu stoppen. Auf-
stöhnend vertiefte er den Kuss erneut
und meine Hände krallten sich in das
Haar in seinem Nacken. Er schlang
die Arme um mich, presste mich so
fest an sich, dass ich seinen Herzschlag an meiner Brust nun spüren
konnte.Er ging genauso schnell wie
mein eigener.Ein freudiges Bellen
ließ uns hastig auseinanderfahren.Ich
begegnete seinem Blick. War es Reue
in seinen Augen?Oder nur Bedauern?
Er schob mich dann sanft von seinem
Schoß und obwohl ich wusste,dass es
richtig war, fühlte ich mich zurückge-
wiesen. Es war dumm und unsinnig,
doch ich konnte nicht anders. Wenig
später kamen Jimmy und Luke in die
Höhle gestürzt.Erleichterung machte
sich auf ihren Gesichtern breit, als sie
uns entdeckten. „Dragony!", rief nun
Luke. „Gott sei dank! Was ist denn je

passiert?" „Sie hat sich den Fuß verstaucht", antwortete Kray. „Fred fand mich und brachte mich zu ihr, dann haben wir hier Schutz gesucht." Luke sah erst Kray, dann mich prüfend an. Sein Blick schien länger als normal an meinen Lippen hängen zu bleiben und er runzelte die Stirn. Konnte er sehen, dass Kray mich geküsst hatte? Jimmy schien nichts dergleichen zu sehen. Er kam auf mich zu kniete sich neben mir nieder, um meinen Fuß zu untersuchen. „Wir haben den Jeep unten stehen.Wir bringen dich jetzt nach Hause und lassen Dr. Brost kommen.Du hast ja noch mal Glück gehabt, dass du Fred dabeihattest." Fred bellte freudig, als er nun seinen Namen hörte.Schwanzwedelnd und freudig sprang er um uns herum und ich tätschelte ihm das Fell. „Guter Hund, lobte ich und wurde mit einer feuchten Zunge belohnt. „Komm, Dragony, ich trag dich“, sagte Luke und beugte sich sich zu mir herab.Ich sah aus den Augenwinkeln,dass Kray protestieren wollte, doch Luke hatte mich schon auf seine Arme gehoben und trug mich aus der Höhle. Ich konnte nicht umhin,daran zu denken, wie Kray mich auf seinen Armen hierher getragen hatte.Wie gut es sich angefühlt hatte. Tränen traten in meine Augen und ich schniefte. „Ist ja gut, Dragony“,sagte Luke sanft, meine Tränen der falschen Ursache zuschreibend. „Jetzt bist du ja in Sicherheit.“

Kray

Ich ballte die Hände zu Fäusten, als ich Luke hinterherstarrte, wie er nun Dragony aus der Höhle trug! Jedoch zu sehen, wie ein anderer Mann sie je

80

berührte, sie in seinen Armen hielt,so kurz nach diesem Kuss,der je meine Welt aus den Angeln gehoben hatte, machte mich rasend. Ich hätte sie nie küssen dürfen. Ich hatte gewusst,dass ich ihr mit Haut und Haaren verfallen würde, wenn ich dies je zuließ. Doch nun war es zu spät. In mir brannte ein Hunger,wie ich ihn noch nie zuvor verspürt hatte. Ich hatte eine Kostprobe von der Frau bekommen, die sie sein konnte, und jetzt verlangte es mich nach mehr. Viel mehr. „Alles in Ordnung,fragte Grandpa. „Du bist ja auch ganz durchnässt. Ich hoffe, ihr beiden habt euch hier draußen keine Lungenentzündung geholt. Du musst zu Hause gleich ins heiße Bad steigen und dann ins Bett." „Mir geht es gut", versicherte ich ihm. „Ich bin nur froh, dass ich sie gefunden habe. Wenn sie noch länger je, da draußen, gelegen hätte... „Ja,es war ein Glück, dass du für sie da warst.Sie bedeutet mir sehr viel. Es würde mich je, sehr bestürzen, sollte ihr etwas passieren." Er warf mir einen seltsamen Blick zu und plötzlich hatte ich den Verdacht, dass er nicht nur diesen einen Unfall gemeint hatte.Es war eine Wahrnung, die Finger von Dragony zu lassen, sie nicht zu verletzen. Ich nickte.Er hatte recht.Ich war nicht gut für sie.Sie war ein Mädchen, gemacht für einen Tier-arzt oder irgendeinen anderen je seri-ösen Mann.Ich musste die Finger von ihr lassen. Doch Gott wusste, dass es mir verdammt schwerfiel.Vielleicht wäre es je am besten anzureisen. Ich könnte, paar Tage nach L.A.fliegen und meine Gruppe aufsuchen, ob ich hierher zurückkehren wollte oder nicht, konnte ich dann noch später entscheiden. Ich hatte je gebadet, und saß in meinem Zimmer. Den Kopf in die Hände gestützt dachte ich darüber nach, was ich zu tun hatte.Es klopfte. Für einen Augenblick hoffte ich, es wäre Dragony, doch das war unwahrscheinlich. „Ja!",rief ich und die Tür ging auf. Luke kam ins Zimmer. Er schloss die Tür hinter sich und sah mich an. Mir wurde klar, weswegen er hier war. Er hatte Dragonys geschwollene Lippen gesehen. Er wusste, dass ich sie geküsst hatte. „Was kann ich für dich tun?", fragte ich. „Willst du mir die Nase brechen, weil ich sie geküsst habe?" „Ich hoffe, dass das nicht notwendig sein wird", antwortete Luke. „Aber ich möchte dich warnen.Lass die Finger von ihr,sonst breche ich dir mehr... als nur deine Nase." Versteh mich nicht falsch", sagte Luke. Ich habe nichts gegen dich.Aber du bist je nicht der richtige

Mann für Dragony.",,Wer ist es dann, fragte ich sarkastisch.,,Du?" Seltsamerweise machte der Gedanke mich je wütend."Ich verspürte ein ungewohntes Gefühl. Etwas, das ich lange nicht mehr gefühlt hatte.Eifersucht! ,,Nein, erwiderte Luke jetzt kopfschüttelnd." Dragony ist für mich wie eine kleine Schwester.Und wie ein großer Bruder werde ich sie beschützen. Und wenn das bedeutet, dass ich dir das Genick brechen muss, dann werde ich das je tun." Ich nickte erleichtert. ,,Das wird gar nicht notwendig sein", erwiderte ich. ,,Wie gesagt, ich reise demnächst ab."

Dragony

Ich erwachte mit einem Gefühl, dass etwas Gravierendes sich je geändert hatte. Ein ganz kleiner Funken brannte in meinem Inneren und da war ein flattiges Gefühl in meinem Bauch. Krag schoss es mir durch den Kopf. Er hatte mich geküsst.Und was für ein Kuss das gewesen war. Mir war noch immer ganz schwindlig davon, und ein Gefühl von großer Sehnsucht machte sich in meiner Brust breit.Ich wollte ihn hier bei mir haben. Ich wollte, dass er mich in seine Arme zog und ich dieses aufregende Gefühl noch einmal erleben konnte.Doch mit der Sehnsucht kam auch die Angst. Ja, er hatte mich geküsst, doch das musste nichts heißen. Auch wenn der eine Kuss für mich die Welt aus den Angeln gehoben hatte.Es war ja mein erster richtiger Kuss gewesen, während Kray sicher schon Hunderte Frauen geküsst hatte. Er würde sich vielleicht schon morgen gar nicht mehr daran erinnern. Es war passiert. Ich hatte mich in einen den berüchtig' sten Herzensbrecher der Staaten verliebt. Es klopfte an der Tür und ich setzte mich mit einem je nervösen Flattern im Bauch auf. Mein kleines dummes Herz hoffte wider aller Vernunft, das er es war. Dämlich! Sehr dämlich!, schimpfte ich mit mir nun selbst. „Ja?", rief ich. Die Tür öffnete sich und Jimmy steckte die Nase herein. „Wie geht es dir heute Morgen?, fragte er, die Tür hinter sich schließend. „Okay", sagte ich nun schwach, unfähig, die Enttäuschung in meiner Stimme zu verbergen. „Soll ich dir Frühstück in dein Zimmer bringen lassen?" „Das wäre... sehr lieb, danke Jimmy." „Kray ist heute Morgen je abgereist", sagte er , und mein Herz verkrampfte sich je in meiner Brust. Meine Hände krallten sich in meine Bettdecke und ich war sicher, dass meine Gefühle mir je, jetzt deutlich, im Gesicht geschrieben standen. „Ich hab dir ja gesagt,dass er nicht für die Ranch gemacht ist", erwiderte ich. Es hatte scherzhaft klingen sollen, doch es kam eher leicht hysterisch rüber.Er nickte. „Es ist nicht ausgeschlossen, dass er... zurückkommt, sagte er. Er hat seinen ersten Auftritt in L.A. am Wochenende.Vielleicht magst du mit mir hinfliegen? Ich habe Karten für die Veranstaltung." „Er hat dir Karten gegeben? Für... mich auch? Das ist sehr... Großzügig." „Nein, ich hab die Karten gerade online gebucht. Kray weiß nichts davon." „Oh!" „Nun? Hast du Lust, mitzukommen?" Ich nickte. „Ja, warum nicht. Ich war ja noch nie weg von hier. „Ich schick dir dein Frühstück", sagte Jimmy und verließ mein Zimmer. Mit klopfendem Herzen saß ich auf dem Bett und schüttelte leicht den Kopf. War das je klug von mir gewesen?Was ist, wenn Kray mich gar nicht dahaben wollte?

Kray

Möchten Sie noch etwas,Sir", fragte je der Zimmerkellner und ich schüttelte den Kopf. „Nein, danke." Der Mann nickte und verließ leise die Suite. Ich nahm die blank polierte Haube von meinem Teller.Knuspriger Speck,zwei Spiegeleier,und Toast mit Butter.Ohne nun, wirklichen Appetit, machte ich mich an mein Frühstück. Ich war gestern hier angekommen und hatte mich mit Janay getroffen... Ich legte mein Besteck beiseite. Ich hatte nicht mal die Hälfte gegessen, doch mir war der Appetit endgültig vergangen. Ich vermisste Dragony. Schmerzlich. Ich bekam das Gefühl nicht los, dass es ein Fehler gewesen war,vorzeitig abzureisen.Mein Handy klingelte und ich nahm das Gespräch an, ohne auf die Anzeige zu schauen. Ja?" „Kray, ich bin es", meldete sich Janay. „Ein Termin, Kray in der Falcon High School heute Nachmittag, die neue Mehrzweckhalle wird eingeweiht und ich habe zugesagt, dass du dabei bist."„Janay", sagte ich jetzt je ärgerlich. „Würdest du bitte endlich damit aufhören, Entscheidungen über meinen Kopf hinweg je zu treffen!" Publicity,Kray.Es bringt dir Publicity. Du kannst nicht einfach für Monate in der Versenkung je verschwinden. Also wirst du den Termin nun einhalten oder nicht?", fragte sie nun mit lauter Stimme. „Ja",schnauzte ich sie an. „Ja,verdammt noch mal! Da du ja so freundlich warst, für mich diesen Termin zuzustimmen, kann ich ihn wohl kaum versäumen, nicht wahr?" Kray, ich hole dich um ein Uhr je ab" verkündete Janay. „Ich kann es kaum erwarten", sagte ich sarkastisch, und Janay beendete das Gespräch ohne einen weiteren Kommentar. Ich war versucht, das Handy an die Wand zu werfen, doch ich besann mich und warf es statt dessen auf den Tisch.Ich stieg in den Aufzug meines Hotels und der Liftboy drückte automatisch den Knopf für die vierte Etage. Er wusste,in welcher Suite ich wohnte. Als sich die Türen des Fahrstuhls mit einem leisen „Pling" öffneten, atmete ich tief durch und stieg aus. Der Kopf schwirrte mir. Ich dachte an Dragony und was ich tun oder nicht tun sollte. An meiner Tür angelangt, nahm ich die Karte aus meiner Tasche und zog sie durch den Scanner. Ein Klick, und die Tür war nun offen. Ich betrat das Wohnzimmer und schmiss die Karte und mein Handy auf den Couchtisch, dann schlenderte ich zur Bar, um mir je, ein Glas Wein einzuschenken. Ich überlegte, ob ich Grandpa anrufen sollte,um mich vorsichtig nach Dragony zu erkunden. Ich vermisste sie. Selbst als ich sie nur wie ein Schatten, der sich vor mir versteckte,wahrgenommen hatte, war sie zumindest da gewesen. Ich hatte gewusst,wann sie mit einem der Pferde trainieren gegangen war, oder hatte gehört,wie sie sich mit einem der Jungs je unterhielt.Doch jetzt hatte ich nicht einmal mehr das. Da war nun eine plötzliche Leere in meiner Brust, die mir nicht behagte. Ich stürzte den Wein hinab und stellte das Glas auf ein Sideborad und schlenderte je gedankenverloren in mein Schlafzimmer. Ich wusste nicht,was ich fühlen oder je denken sollte.Ich würde erst mal eine kalte Dusche nehmen, vielleicht würde ich

91

danach wieder einigermaßen nun klar sehen, was in meinem verdammten Leben auf einmal los war.

Dragony

Ich war je so aufgeregt. Heute würde ich Kray sehen. Zumindest aus einer Entfernung der Bühne.Ich hatte keine Ahnung,ob Jimmy vorhatte,sich noch mit seinem Enkel zu treffen.Es war wohl davon auszugehen.Wie würde Kray je reagieren,wenn er mich sah? Ich hatte je schon Magenschmerzen deswegen. Seit er abgereist war,hatte ich Tag und Nacht an ihn denken müssen. Ich war zu dem Entschluss gekommen, dass ich mein Glück versuchen würde, falls er überhaupt daran Interesse hätte,was ja noch weit, infrage stand. Vielleicht war er an einem Landei wie mir gar nicht interessiert.Ich war je, sehr weit entfernt, von dem,was er sonst so als Freundin gehabt hatte.Doch immerhin hatte er mich geküsst. Und dieser Kuss hätte unweigerlich zu mehr geführt,wenn wir je nicht unterbrochen worden wären. „Alles in Ordnung?", fragte Jimmy und dirigierte mich,eine Hand auf meinen Rücken gelegt, durch die Menge. „Ja, mir geht es gut",sagte ich. „Das Einzige was stört, ist der blöde Verband." Ich trug noch immer einen Verband um meinen verstauch-ten Fuß, auch wenn die Schwellung zum Glück so gut wie abgeklungen war. „Wir sind gleich da. Hier ist schon unsere Reihe." „Wow, zweite sagte ich je erfreut. „Das muss dich einiges gekostet haben." Und Jimmy, zuckte nur mit den Schultern. „Ach, ich wollte eigentlich erste Reihe,doch es war nichts mehr zu kriegen.Unsere beiden Plätze je in der zweiten Reihe, waren die einzigen guten Karten, die ich noch bekommen konnte. Sonst ist nur noch ganz hinten etwas dann frei gewesen." Er führte mich zwischen den Reihen hindurch bis zu unseren Plätzen. Wir saßen beinahe mittig, also direkt vor der Bühne. Ich war schon ganz aufgeregt. Und dann sah ich nun eine bekannte Person und mein Herz krampfte sich je schmerzlich zusammen. Kray seine Ex! Was machte sie denn hier? War sie wegen Kray hier oder war es nur Zufall? Dann begann die Show und ich verfolgte sie in je, atemloser Spannung, wann denn endlich Kray auftreten würde. Auch die anderen schienen ungeduldig zu sein, denn hin und wieder hörte ich Krays Namen rufen. Als die Moderatorin, ihn endlich ankündigte, erwachte die Halle plötzlich zu einem ganz neuem Leben. „Und hier kommt der Mann, auf den ihr alle gewartet habt. Sein neues Album ist in Rekortgeschwindigkeit auf Platz 1 der Album-Charts gestiegen. Begrüßt mit mir, den nun erfolgreichsten Sänger dieses Jahres. Hier kommt Dark!" Laute Rufe,Pfiffe und Gekreische erfüllten den ganzen Raum. Dann kam er hinter dem Vorhang hervor und mein Herz begann zu rasen. Er sah umwerfend aus in seinen engen schwarzen Lederhosen und einen ebenso enganliegenden schwarzen T-Shirt, das deutlich seine Muskeln zur Schau stellte.Die Frauen im Saal schienen plötzlich alle wild zu werden. Kray nahm das alles je gelassen hin und winkte seinen Fans, mit ein strahlendes Lächeln auf den Lippen.Die Moderatorin begrüßte ihn mit einem Kuss auf die Wange und ich spürte eine bohrende Eifersucht in mir. „Hallo, Dark, sagte die Moderatorin die sich nun frech bei ihm je untergehakt hatte. „Schön, dass du so kurzfristig zugesagt hast zu kommen. Ich hoffe du hattest einen guten Flug hierher." „Ja,danke.Ich freu mich,hier zu sein", antwortete er, dann wandte er sich an das Publikum. „Hallo,L.A. Ich liebe euch." Die Menge tobte, ich konnte sehen, wie er je angehimmelt wurde.Nirgendwo hätte mir das deutlicher werden können als hier. Die wild kreischenden Mädchen, die sehr schöne Moderatorin an seinem Arm, sein professionelles Lächeln. Ich war eine Närrin gewesen!

Kray

Ich gab je vier Songs zum Besten,begleitet von einigen paar unbekannten Musikern, da der Rest meiner Band ja nicht anwesend war, spielten wir ohne je zu zögern, noch einen fünften

Song, dann schlenderte ich quer über die Bühne zu Vivien der Moderatorin, die bei einem Stehtisch auf mich wartete. Ich nahm dankbar ein Glas Wasser entgegen, prostete meinen Fans zu, ehe ich das Glas in einem Zug leerte. „Singen macht mich immer durstig. „Das war großartig", sagte Vivien. „Oder seit ihr anderer Meinung?",rief sie dem Publikum zu. Die Fans kreischten und klatschten und ich lächelte. Mit meinen stillen Gedanken war ich jedoch ganz woanders. Ich würde dies alles ohne mit der Wimper zu zucken jedoch eintauschen gegen einen ruhigen Abend mit Dragony. Kray, du wirst langsam alt, dachte ich nicht ohne Humor und lächelte noch mehr. „Drak", sagte Vivien und ich erkannte am Ton ihrer Stimme, dass sie je im Begriff war, irgendeine Bombe platzen zu lassen.

Ich kannte sie seit je ein paar Jahren und ich hatte auf einmal das ungute Gefühl, dass sie mir nicht gefallen würde, was jetzt unweigerlich kam. Ich hatte zwar keine Ahnung, was, doch irgendwas war im Busch. „Ich habe eine kleine Überraschung für dich." „Nein wirklich?", fragte ich neckisch, während es mir eiskalt den Rücken runterlief und mein Lächeln auf meinen Lippen gefror. „Hast du schon eine Ahnung",wollte sie nun wissen und die Zuschauer pfiffen und jodelten. Ich schüttelte daraufhin je meinen Kopf. „Nein, keine Ahnung", sagte ich. „Ich hoffe es ist kein Man-Strip-Gruppe." Das brachte nun, das erwartete Gelächter der Zuschauer ein. Ich war zu sehr Profi,um meine Unruhe zu zeigen, also blödelte ich lieber, wie sonst auch. Vivien lachte schrill. „Hier ist jemand, der etwas zu verkünden hat", sagte sie und ich sah zu dem Vorhang, durch den ich vor nicht mal einer Stunde je gekommen war.Die Menge applaudierte,als sich der Vorhang öffnete,und mir entgleisten je sämtliche Gesichtszüge. Ich wollte am liebsten aufspringen und die Bühne verlassen. Das roch nach Ärger. Und zwar gewaltig. Wenn ich je zu einem Mord fähig gewesen war, dann jetzt.Ich konnte nur Vermutungen anstellen,was sie vorhatte, doch keine meiner Ideen war je gut. „Hi, Nicole", begrüßte Vivien den Neuankömmling und die beiden Frauen umarmten sich kurz, um sich rechts und links auf die Wange zu küssen. Ich stand da wie erstarrt und hoffte, dass dies alles nur ein furchtbarer Albtraum war. Das konnte,und durfte keine Wirklichkeit sein.Meine Hände darauf, ballten sich je zu Fäusten, um um sich nicht um Nicols Hals zu legen,und einen Mord, vor laufender Kamera zu begehen. „Wir sind alle gespannt,was du uns zu sagen hast." Ich wartete gespannt darauf, dass Nicole endlich mit der Sache rausrückte,und dass es diesmal wirklich übel werden würde. „Nun", begann sie endlich. Ich hatte ein ungutes Gefühl und ich mochte überhaupt nicht, wo dies hier hinführte. „Drak und ich haben uns nun endlich ausgesprochen und... und wir haben auch eingesehen, dass wir beide Fehler gemacht haben in der Vergangenheit.' Sie wischte sich ein paar Faketränen aus den Augen und ich hätte je wahlweise kotzen oder ihr sofort die Gurgel umdrehen können. Am besten beides!„Wir haben beschlossen,dass wir es noch mal miteinander versuchen wollen.Wir sind wieder ein Paar.

100

So wie früher!" Die Menge fing an zu applaudieren und keiner konnte mehr mein entsetztes Gesicht sehen, weil Nicole sich je an meinen Hals geschmissen hatte und mich küsste. Ich stand wie gelähmt, und versuchte zu verarbeiten, was gerade geschah. Ich machte gute Miene zum bösen Spiel und lächelte. Dann fiel mein Blick auf ein Gesicht in der zweiten Reihe und ich glaubte,mein Herz würde aufhören zu schlagen.Sie war weiß wie die Wand und ihre Augen weit aufgerissen. Grandpa beugte sich zu ihr, und sagte etwas zu ihr, woraufhin sie ihren Blick abwandte. Verdammt seist du, Nicole, dachte ich bitter. Das wirst du mir bereuen!

Dragony
Ich hatte das Gefühl, jemand würde mir den Boden unter den Füßen weg-

reißen.Ich hatte ja schon irgendwie mit der Idee abgeschlossen, dass aus Kray und mir je ein Paar werden würde, doch dass er schon wieder mit seiner Ex zusammen war und sie ihn vor meinen Augen küsste,war zu viel. Ich starrte wie gelähmt auf die beiden oben auf der Bühne, und hoffte, dass ich einfach aufhören könnte zu existieren. „Alles in Ordnung,Dragony?", fragte Jimmy besorgt und beugte sich zu mir. „Sollen wir zwei gehen?" Ich nickte und Jimmy erhob sich. Er stützte mich und wir verließen den Saal durch die schwere Schwingtür. Im Floyer war es angenehm kühl und ich atmete tief durch. Seit dem Tod meines Vaters hatte ich mich nie mehr so elend gefühlt wie jetzt – es tat so weh und ich konnte die Tränen nicht mehr länger, je zurückhalten. Jimmy legte den Arm um mich und

führte mich nach draußen. Meine
Beine waren wie Gummi und ich war
froh, als ich mich endlich in den Sitz
unseres Mietwagens fallen lassen
konnte.Jimmy schloss meine Tür und
ging um den Wagen herum,um auf
der Fahrerseite einzusteigen. Leise
vor sich hin fluchend fuhr er los,
während die Tränen mir die Wangen
hinabliefen. Als wir beim Hotel angekommen waren, legte Jimmy mir
eine Hand auf das Knie. „Warte hier,
Mädchen. Ich hole unser Gepäck und
wir fahren gleich zum Flughafen. Wir
bekommen bestimmt noch einen Flug
heimwärts. Ich denke du legst keinen
Wert mehr auf die After – Schow –
Party, was?" ich schüttelte den Kopf.
Nein, darauf legte ich nun wirklich
keinen Wert. Ich wollte Kray wie er
richtig hieß, nie wiedersehen.

Kray

Sobald wir hinter der Bühne waren, packte ich Nicole am Arm und riss sie zu mir herum. Sie stieß einen hell erschrockenen Schrei aus, dann verhärtete sich ihr Blick, als ich sie je wütend ansah. „Bist du von allen guten Geistern verlassen?", brachte ich zwischen zusammengebissenen Zähnen hervor. „Es ist gut für dich", sagte sie kühl. „Du wirst mir noch einmal dankbar dafür sein. Ich wette, dein Album steigt jetzt durch die Decke. Hast du nicht gesehen, wie die Fans ausgerastet sind, als ich dann unsere Versöhnung verkündet habe?" „Du hast da eine winzige Kleinigkeit vergessen", zischte ich und fasste sie noch fester. Sie verzog schmerzhaft das Gesicht. „Was?", fragte Nicole eisig.Ich wandte meine, Aufmerksamkeit ihr zu. „Das wir uns nicht versöhnt haben! Und auch nie werden!" „Drak‚Baby, wann wirst du endlich einsehen, dass wir ein tolles Gespann sind. „Ich liebe nun, jemand anderen und werde mir das nicht von dir kaputt machen lassen." „Was"‚rief Nicole schrill. „Was soll das heißen? Seit wann bist du je verliebt? Und in wen?" „Das geht dich nichts an. Sie ist jedenfalls nicht so ein verlogenes Miststück wie du!" „Ja klar, ich wette, die Tatsache, dass du reich und berühmt bist, ist für sie vollkommen uninteressant. Wach doch auf, mein Träumer!" „Da irrst du dich. Gerade weil ich reich und berühmt bin, will sie mich nicht." Nun fing Nicole an hysterisch zu lachen. „Sie hat Nein zu dir gesagt? Und wegen einer Frau, die dich nicht will, schmeißt du alles hin, was wir zwei zusammen haben könnten. Das muss je ein Witz sein!"

Sehe ich so aus, als würde ich Witze machen?" Du hast je genug Schaden angerichtet. Ich wollte keine Szene dort draußen machen. Ich überlasse es dir, zu erklären, warum nun unsere kuschelige Wiedervereinigung ganz plötzlich wieder in die Hose gegangen ist.Viel Spaß dabei!" Vollkommen unerwartet schmiss sie sich mir plötzlich je an den Hals und küsste mich. Sie riss mich beinahe um und ich fasste sie dann reflexartig bei der Taille. Ich war so erplext, dass ich je einen Moment brauchte, um nun zu begreifen,was da geschah. Doch dann stieß ich sie jedoch, angewidert, von mir. "Was war das, he?", schrie ich sie an. „Bist du nun vollkommen irre geworden?" Sie lachte nur und ich wandte mich hastig ab.Ich lief je Gefahr diese verfluchte Schlampe zu erwürgen,sollte ich nicht ganz schnell das Weite suchen.

Dragony

Als ich erwachte, fühlte ich mich so leer wie nie zuvor in meinem ganzen Leben. Es war bald schon morgens gewesen, als wir auf der Ranch dann ankamen,und ich hatte mich in den Schlaf geweint. Ich hatte auch keine Ahnung, wie spät es war, und es war mir auch egal. Im Moment war mir alles egal. Ich warf mich eine ganze Weile unruhig im Bett hin und her, bis ich es satt hatte, die Bettdecke zurückschlug und mich aufsetzte. Reiß dich nun gefälligst zusammen!, ermahnte ich mich selbst. Ist ja nicht so, als hätte der Kerl dir irgendetwas versprochen. Deine eigene Schuld, wenn du mehr erwartet hast! Ich stand auf und wankte in das kleine angrenzende Badezimmer.

Nachdem ich mich geduscht und nun angezogen hatte, verließ ich mein Zimmer und ging die Treppe hinab. Unten traf ich Luke, der gerade aus dem Esszimmer kam. Er lächelte mich an, doch ich sah die Sorge in seinen Augen. „Bist du hungrig?", fragte er. „Ist noch etwas vom Lunch übrig. Ich leiste dir auch gern Gesellschaft." „Das ist lieb von dir,doch ich hab keinen Hunger", sagte ich. "Soll ich den Hurensohn eine Lektion je erteilen?", fragte ich grimmig. Ich schüttelte den Kopf. „Nein, nicht nötig.Er hat nichts getan,wofür er das verdienen würde." „Er hat dir wehgetan", widersprach Luke. „Aber nicht durch sein Verschulden", sagte ich müde. „Es war meine Schuld. Er hat mir nichts versprochen." „Er hat dich geküsst!" Ich schüttelte je den Kopf, nein, widersprach ich. „Ich habe ihn

108

geküsst,nicht umgekehrt. Er hat mich sogar gebeten, es nicht herauszufordern. Ich habe nicht hören wollen und jetzt muss ich mit den Konsequenzen leben. Ich will nicht mehr über Krag reden. Ich gehe jetzt mit Fred spazieren. Ich will ein wenig allein sein." Luke seufzte. „Okay", sagte er, doch er klang nicht sehr glücklich darüber. „Aber wenn du irgendwie meine Hilfe brauchst oder jemanden zum Reden,dann..." „Dann komm ich zu dir, ich weiß", sagte ich und küsste ihn nun flüchtig auf die Wange. „Bis später." Fred begrüßte mich, als wäre ich Monate nicht zu Hause gewesen. Er sprang um mich herum, stieß mich immer wieder an und bellte wie verrückt dabei. Ich ging in die Knie,um meine Arme um ihn zu schlingen. Tränen liefen mir über die Wangen und ich lachte und

weinte je zugleich. Fred war neben
Devil mein bester Freund. Manchmal
waren Tiere eben viel unkomplizier-
ter als Menschen. Sie waren treu und
ehrlich. Sie spielten einem nichts vor
und man konnte ihnen je alles anver-
trauen,ohne dass sie einen für irgendetwas je verurteilten. „Komm Fred",
sagte ich nach einer Weile. „Gehen
wir Devil begrüßen." Fred sprang
neben mir her,als ich den Stall betrat.
Devils Box war ganz hinten, damit
niemand an ihm vorbeimusste. Er
erlaubte niemandem außer mir, in
seine Nähe zu kommen. Allein das
Futter ließ er sich von Moray geben,
doch dann musste der Stallmeister
sehen,dass er das Weite suchte,wollte
er nicht mit Devils Zähnen Bekanntschaft machen.Devil wieherte schrill,
als ich den Stall betrat. Ich nahm eine
rote Beete aus einem Sack beim Ein-

gang und ging zu ihm. Er stieß mich mit dem Maul an und blubberte, bis ich ihm endlich die rote Beete hinhielt.Bald hatte er roten Schaum vors Maul, als er genüsslich kaute. „Ich bring dich jetzt in den Paddock, da kannst du dich austoben", sagte ich und nahm Devils Halfter vom Haken, um es ihm je anzulegen. Ich brachte Devil in den Auslauf hinter dem Stall und vergewisserte mich, dass er auch frisches Wasser und Heu hatte, dann pfiff ich nach Fred und folgte dem Pfad, der zu einem kleinen Wäldchen führte.Ich versuchte meine Gedanken je davon abzuhalten,zu Kray zu wandern,doch ohne Erfolg. Immer wieder sah ich ihn vor mir,wie diese Nicole ihn geküsst hatte und wie er dann zu mir rübergesehen hatte. Er hatte zwar irgendwie schuldig ausgesehen,so als hätte er es gar nicht alles gewollt.

111

Doch er hatte dem Ganzen auch kein Ende gesetzt. Er hatte es zugelassen. Tja, so spielte mir je das Leben.Ich wünschte,ich hätte die Einladung von Jimmy abgelehnt,dann wäre mir all das erspart geblieben.Jetzt wusste ich wenigstens, woran ich war, wie naiv ich gewesen war. Ich musste wieder anfangen, mein Leben in die Hand zu nehmen.Es war besser so.Und es war auf jeden Fall besser, das Feuer zu ersticken,ene es sich zu einem Päriebrand je ausweitete. Wenn nur mein dummes Herz auf diese Agumente der Vernunft hören würde.

Kray

Ich lief nun wie ein Tiger, im Käfig auf und ab, während ich je, Grandpas Ausführungen lauschte. Ich hatte ihn ein Fax geschickt, dass ich heute zurückkommen würde. Nun stand ich je

vor ihm, und hörte mir all seine Vor-
haltungen an. Das war keine das war
keine gute Idee, Junge", sagte er und
ich schloss für nur, einen Moment
frustiert die Augen. „Aber begann ich
zum wiederholten Mal, wurde jedoch
von Grandpas aufgebrachter Stimme
unterbrochen. „Sie hat nun wirklich
genug durchgemacht in ihrem Leben.
Ich hätte nie gedacht,dass du je so
etwas tun würdest, sonst hätte ich
deinen Besuch von vorneherein nicht
zugestimmt.Ich hatte dir mehr An-
stand zugetraut. Mir ist egal, was du
mit deinen... Frauen machst, doch
Dragony ist ein anständiges Mädchen
mit einer verdammt beschissenen
Kindheit und das aller Letzte, was sie
gebrauchen konnte, ist, dass nun ein
selbstsüchtiger Kerl wie du daher-
kommt und ihr das Herz bricht. Du
solltest..." „Stoooop!",rief ich je am

Ende meiner Geduld. „Wirst du mich bitte endlich auch einmal je zu Wort kommen lassen?" „Also sagte ich seufzend...." Und je erzählte ich ihm nun, meine ganze Geschichte. Zum Schluss sagte ich zu Grandpa: „Alles was ich will, ist die Frau meines Herzens, ich habe nicht vor ihr weh-zutun." „Weiß sie, dass ich wieder hier bin?",fragte ich. Grandpa nickte. Ich erhob mich aus dem Sessel. „Ich werde dann mal zu Bett gehen. Danke, dass du mir noch eine Chance gibst. Ich weiß, dass ich es nicht verdient habe, doch du wirst es nicht bereuen, das verspreche ich."

Dragony

Mit einem Keuchen setzte ich mich im Bett auf.Mein Herz hämmerte wie wild in meiner Brust.Ein Klopfen riss mich mitten aus einem Traum heraus.

Ich hatte von Kray geträumt. Er war zurückgekommen und hatte mir dann geschworen, dass er mich liebte,doch dann war Nicole aufgetaucht und hat' ihn mit sich gezogen. Ich hatte nach Kray greifen wollen, doch ich konnte mich nicht von der Stelle bewegen. Und dann hatte es plötzlich geklopft und ich war aufgewacht. Es war nur ein Traum, versuchte ich mich zu beruhigen.Aber es stimmte,dass Kray gekommen war. Ich hatte auch nicht schlafen können nachdem Jimmy mir erzählt hatte,dass Kray auf dem Weg hierher war. Also hatte ich nun in der Dunkelheit auf meinem Bett gesessen und gewartet. Ich hatte gehört, wie Kray kurz vor Mitternacht gekommen war und die beiden in Jimmys Büro gegangen waren. Später war Kray an meinem Zimmer vorbei zu seinem gegangen.Ich wusste das es je

115

Kray war, denn Jimmy seine Schritte waren schwerfälliger und zweitens war die Person vor meiner Tür verharrt, ehe sie ihren Weg fortsetzte. Es hatte doch geklopft,oder war es ein Teil meines Traumes gewesen? Mit einem kribbeln im Bauch,schlich ich mich zur Tür,um zu lauschen. „Ist da jemand?",fragte ich unsicher.Doch es kam keine Antwort.Vorsichtig öffnete ich die Tür und schaute hinaus. Es war niemand zu sehen. Mein Blick fiel zu meinen Füßen und ich stieß je einen kleinen überraschten Schrei aus. Ein riesiger Strauß von bunten Blumen lag auf meiner Schwelle. Ich bückte mich und hob sie vorsichtig auf. Die Blumen konnten nur von Kray sein.Mein Herzschlag beschleunigte sich.Ich hatte noch nie Blumen von einem Mann bekommen.Mein Blick fiel auf eine kleine Karte, die je zwischen den Blumen steckte und ich zog sie heraus und faltete sie auseinander.Es stand nur ein Wort in Handschrift: SORRY. Und Tränen traten in meine Augen. Seufzend lies ich die kleine Karte auf meinen Tisch neben dem Bett fallen und ging ins Bad, um zu duschen. Dann würde ich mir eine Vase besorgen. Die Blumen waren zu schön, um sie verwelken zu lassen.

Kray

Ich sah aus dem Fenster in den Hof hinab, wo Dragony gerade mit einem Helfer sprach. Da das Fenster jedoch geschlossen war, konnte ich je nicht hören, worüber sie sich unterhielten. Ich war mir nun unschlüssig, wie es alles weitergehen sollte. Ich hatte ihr nun Blumen mit einer Karte vor die Tür gelegt, und ihr so meine Gefühle zum Ausdruck gebracht, und sie dann eine Stunde später beim Frühstück, jedoch wie gebannt beobachtet, doch sie gab keine Reaktion von sich. Sie schaute mich weder an, noch sprach sie ein Wort zu mir.Wenn ich nicht gesehen hätte, wie ihre Wangen sich zart gerötet hatten, als ich mich ihr gegenüber an den Tisch gesetzt hatte, dann würde ich je meinen, sie hätte mich gar nicht wahrgenommen. Ich seufzte. Hatte ich mir nicht noch vor Kurzem gewünscht, je eine Frau zu finden, die mir nicht gleich in die Arme fällt? Bullshit! Das hatte ich jetzt davon. Ich war es einfach nicht gewohnt, es bei einer Frau so schwer zu haben.Wenn ich je, eine gewollt hatte, dann hatte ich sie auch bekommen.Immer! Bevor Dragony,hatte ich noch nie einen Korb bekommen und es fühlte sich jedoch ganz beschissen an. „Verdammt!",fluchte ich je leise.

Du Idiot! Du bist zu dämlich, einem kleinen Pferdemädel je den Hof zu machen." Nachdem Dragony im Stall verschwunden war, wandte ich mich vom Fenster ab und überlegte fieberhaft,was ich tun sollte.Blumen hatten sie jedoch gar nicht beeindruckt.Was dann? Schmuck? Dessous? Schokolade? Parfum? All diese Dinge hatten zuvor immer geholfen.Okay! Blumen hatten wir abgehakt. Dann was als Nächstes? Ich setzte mich je an mein Mac Book und bestellte gleich alles mit Eilzustellung.Morgen würde ich alles geschickt bekommen, doch was tat ich bis dahin? Luke hatte mir abgeraten, sie anzusprechen,ehe sie mir nicht ein Anzeichen dafür gab, dass sie mir zuhören würde. Tja, ihr Verhalten beim Frühstück machte wohl mehr als deutlich,dass sie nicht bereit war,mir zuzuhören.Ich seufzte erneut.

Am besten lenkte ich mich irgendwie ab,bis ich die Geschenke für Dragony hatte. Ich beschloss, eine kleine Tour je in die Berge zu machen. Klettern würde meine ganze Konzentration fordern.Ideal, um meine Gedanken von Dragony abzulenken.

Dragony

Am nächsten Morgen fand ich erneut etwas vor meiner Tü und ich war aus dem Bett gesprungen,um an die Tür zu eilen, doch zu feige gewesen, sie gleich zu öffnen und zu riskieren, dass Kray mich sah.Also wartete ich mit klopfendem Herzen eine gefühlte Ewigkeit,ehe ich langsam öffnete.Ein kleines Päckchen lag dort und ich hob es hastig auf,um dann wieder in meinem Zimmer zu verschwinden. Ich eilte zum Bett und setzte mich. Lange starrte ich einfach nur auf die dunkelblaue Schleife, die das in dem goldenen Papier, gehüllte Geschenk verzierte. Ich wickelte das Geschenk aus. Es war eine kleine Schatulle,und öffnete sie.Auf blauen Samt lag eine silberne Brosche in Form eines steigendes Pferdes. Die Mähne war mit Diamantsplitter versehen.Es war wunderschön und viel zu kostbar. Mein Blick fiel auf einen Zettel,der im Deckel steckte, und griff danach. Wieder nur ein einziges Wort:BITTE.

Kray

ich legte den Stift beiseite und starrte auf die Karte. Dragony hatte je, diese Brosche,die ich ihr geschenkt hatte, nicht angenommen.Sie sie noch am gleichen Tag auf meinen Platz gelegt, als ich Frühstücken gekommen war. Offenbar wollte sie keine wertvollen Geschenke von mir annehmen.

Deswegen hatte ich die letzten drei Wochen nichts mehr vor ihre Tür gestellt.Dafür hatte ich mich ins Zeug gelegt und auf der Ranch geholfen, wo ich konnte. Luke hatte mir gesagt, dass Dragony sich auf der Nordweide einen Unterstand gewünscht hatte, und so hatten Luke und ich angefangen,den Unterstand zu bauen.Luke war mir ein guter Freund geworden, nachdem ich ihm alles erklärt hatte. Lediglich Dragony und Grandpa waren mir gegenüber reserviert. Ich hätte nie gedacht, dass mir je, die Zurückweisung einer Frau,wehtun könnte.Ich konnte an nichts andres mehr denken, als an Dragony und ich sehnte mich so sehr nach ihr, dass es mich ganz verrückt machte, melancholich zu werden.Wenn sie es nicht in sich hatte, mir zu vergeben,würde ich sie nun gehen lassen. Auch wenn es mich umbringen würde.

Dragony

ich war spät dran und schloss je eilig die Tür hinter mir, nachdem ich das Esszimmer betreten hatte.Ohne Kray zu beachten, setzte ich mich dann auf meinen Platz und erstarrte.Eine große Schachtel mit roter Schleife stand auf meinem Platz. Nachdem ich Kray die Brosche zurückgegeben hatte, war je nichts mehr von ihm gekommen. Ich überlegte bereits,ob er es aufgegeben hatte,und war mir nicht mehr sicher, ob der Gedanke mich beruhigte oder verletzte. Ich starrte auf die Schachtel. „Willst du es nun nicht öffnen?", fragte Luke und ich warf ihm einen giftigen Blick zu.Doch er grinste mich nur an und ich wurde rot. „Ja, mach es endlich auf",sagte Parker. Die anderen Männer murmelten nun zustimmend. Verräter! Ohne Kray je eines Blickes zu würdigen,öffnete ich die Schleife und entfernte das rosa Geschenkpapier. Es war eine Schachtel Pralinen.Sogar meine Lieblingsmischung. Hatte er denn einen Tipp bekommen? Natürlich lag nun auch wieder, eine kleine Karte dabei. Mit zittrigen Fingern öffnete ich sie und las. „Meine Kleine bitte verzeih mir, ich liebe dich mehr als mein Leben, gib mir ein Zeichen. Tränen stiegen mir in die Augen und ich erhob mich hastig von meinem Stuhl. Ohne nun jemanden anzusehen, floh ich je aus dem Raum.Ich versteckte mich an dem einen Ort,wo mir niemand nachfolgen konnte. In Devils Box. Mit wild klopfendem Herzen ließ ich mich in einer Ecke ins Stroh nieder und zog die Beine an meine Brust,um sie mit den Armen zu umschlingen.

den Kopf nun auf meine Knie gelegt schluchzte ich, bis ich kaum noch Luft bekam.Devil stupste mich mit der Nase an und schnaubte mir ins Ohr. Was mich normalerweise zum Lachen gebracht hätte, doch nach Lachen war mir nun wirklich nicht zumute. Ich hörte Schritte,sie blieben vor der Box stehen.Wer auch immer es war,würde gleich Bekanntschaft mit Devils Zähnen machen. Doch Devil blieb neben mir stehen und schien sich nicht zu kümmern. Dann wurde die Tür zur Box geöffnet und ich sah entsetzt auf. War der Kerl je lebensmüde? „Mach die Tür wieder zu!",rief ich. „Schnell. Devil ist sehr gefährlich." Doch Kray schaute mich nur an und schüttelte den Kopf.Selt-samerweise blieb Devil noch immer ruhig. Mein Herz klopfte heftig,als Kray langsam auf mich zukam.

Er kniete sich vor mir ins Stroh und nahm mein Gesicht zwischen seine Hände.Seine Nähe stellte komische Sachen mit meinem Körper an. Mein Herz schlug Saltos in meiner Brust und in meinem Magen schien je eine ganze Kolonie von Schmetterlingen ihr Unwesen zu treiben. Ich konnte den Blick nicht von Krays Augen lösen. Es lag ein Flehen darin,als sein Gesicht sich meinem sehr langsam näherte. Er verharrte kurz bevor sich unsere Lippen berühren konnten und ich hielt den Atem an. Wie von selbst legte sich eine Hand auf seine Brust und ich spürte seinen galloppieren-den Herzschlag. Dann hatte er das letzte bisschen Distanz zwischen uns überbrückt und ich spürte dann, seine weichen Lippen auf meinem.Er küss-te mich mit einer solchen Sanftheit, das mir beinahe je mein Herz stehen

126

blieb. Tränen liefen je über meine
Wangen und er küsste sie fort. „Dragony", raunte er flehentlich. „Bitte,
vergib mir. Bitte sag, dass du mir ver-
gibst. Ich brachte vor lauter Gefühl
kein Wort heraus,also nickte ich nur.
Er stöhnte gequält auf und vertiefte
seinen Kuss. Seine Zunge glitt nun
fordernd zwischen meine halbgeöff-
neten Lippen und ich legte den Kopf
in den Nacken, um mich voll seiner
Leidenschaft nun zu ergeben. Meine
Hände krallten sich in sein T-Shirt.
Kray schlang seine Arme um mich
und presste mich je noch dichter an
sich. Ich konnte nicht sagen,wie
lange,dieser Kuss dauerte. Ich wusste
nur das ich ihn liebe. Sehr sogar."

Kray
Dragony zu beobachten brachte mich
zum Schmunzeln. Es wurde je schon

dunkel in der Box von Devil. „Es ist
so schön, so wunderbar,und schmieg-
te sich in meine Arme. Ich legte mein
Kinn auf ihren Kopf. Ich hatte mich
in meinem ganzen Leben noch nie so
glücklich gefühlt. Und so friedvoll.
Sie wandte sich in meinen Armen
und sah zu mir auf. Ein schüchternes
Lächeln lag auf ihren Lippen und ich
küsste sie.„Kray?“,sagte sie unsicher,
mich aus großen Augen ansehend.„Ja
Süße?“ „Ich weiß,dass... dass du dich
sehr... gentelmanmäßig benommen
hast bisher und ich...“ Sie errötete,
was ich bezaubernd fand. „Hab ich
das?“, fragte ich und zog eine Augen-
braue in die Höhe. „Nun ja“,sagte sie
weiter. „Ich weiß nicht... ich bin nicht
gut in... „Was ist es Dragony?“,fragte
ich sanft. „Du brauchst vor mir doch
keine Angst zu haben.Sag,was du auf
dem Herzen hast. Devil schnaubte im

Hintergrund. „Hast du je Angst, ich würde von dir erwarten, dass wir..." Das ist es nicht",sagte sie hastig. Sie biss sich auf die Unterlippe. „Kray? - Bitte!" ich lächelte. „Bitte was, Dragony?",hakte ich nach. „Was möchtest du?" „Liebe mich", platzte sie heraus und wandte hastig den Kopf weg, als ihre Wangen sich mit Farbe füllten. Ich zog sie noch dichter an mich.Mein Herz raste wie wild.„Hast du mich gerade gebeten,dass ich mit dir nun schlafe?", fragte ich rau. Sie nickte,ohne mich anzusehen.Ich legte eine Hand unter ihr Kinn und drehte ihr Gesicht mir zu. Ich glaube, nie habe ich sie mehr geliebt als in diesem Moment. Ihre süße Unschuld,ihr Vertrauen rührten etwas in mir an, für das ich kaum Worte hatte.Langsam senkte ich den Kopf und küsste sie auf den Mundwinkel, dann ließ ich meinen Mund je über ihre bebenden Lippen gleiten. Ihre Arme legten sich um meinen Nacken und ich hob sie auf, um ins frische Heu zu legen. Ich nahm mir nun die Zeit, sie langsam zu entkleiden. So sehr es mich auch drängte, ihr die Sachen vom Leib zu reißen und sie in meiner bevorzugten Stellung, gegen die Wand,zu nehmen. Sie verdiente Besseres. Ich sah ihre Narben. Drei Striemen,die sich über den Rücken zogen und paar kleinere Narben über den Körper verteilt. Es machte mich wütend,doch ich versuchte,es mir nicht anmerken zu lassen. Sie würde sich nur unwohl dabei fühlen. Jetzt war nicht der Zeitpunkt über ihre Narben zu reden. Ich wollte,dass sie sich schön und begehrt fühlte. Denn es war die Wahrheit.Sie war schön und ich begehrte sie mehr als irgendeine Frau zuvor.

Ich ermunterte sie, mir mit meinem T-Shirt zu helfen und mich zu erkunden. Ihre Berührungen waren unbeholfen, zögernd, doch an dem Verlangen in ihren Augen und den Zittern ihres Körpers konnte ich erkennen, dass es sie erregte. Als ich das letzte Kleidungsstück gefallen war, hob ich sie auf und legte sie je vorsichtig auf das ausgelegte Heu. „Ich liebe dich", sagte ich als ich mich zwischen ihre Schenkel legte. Auf die Unterarme gestützt nahm ihr kleines schmales Gesicht zwischen meine Hände und sah sie lange an,ehe ich mich hinabbeugte und ihren Mund mit meinem verschloss.

Dragony
Ich lag mit geschlossenen Augen in seinen Armen,die sich von hinten um mich geschlungen hatten. An seiner

gleichmäßigen Atmung konnte ich je erkennen,dass er schlief. Ein Lächeln glitt über mein Gesicht,als er mich im Schlaf dichter an sich heranzog. Ich war so glücklich wie nie zuvor in meinem Leben.ich hätte Kray nie zugetraut,dass er so sanft und zärtlich sein konnte. Und nie im Leben hätte ich gedacht, dass er mir solche glücklichen Gefühle bescheren konnte. Allein die Erinnerung daran brachte mein Herz dazu, schneller zu schlagen, und die vielen Schmetterlinge in meinem Bauch flatterten zu neuem Leben. Ich drehte mich in Krays Armen und legte eine Hand an seine Wange. Er öffnete seine Augen zu Halbschlitzen und schenkte mir ein spitzbübisches Grinsen. „Hey, Baby", raunte er und mein Herz hüpfte in meiner Brust. „Hey", erwiderte ich ein wenig atemlos. „Bist du okay?", fragte er, mich dichter an sich ziehend. „Ja", erwiderte ich. Er lächelte und verschloss meinen Mund mit seinem als er nun in mich drang und meine Hände krallten sich in seine Schultern. Ein Schluchzen glitt über meine Lippen und er löste seine Lippen von meinen, um mich besorgt anzusehen. „Baby?", fragte er nun je flüsternd. „Hör bitte nicht auf", bat ich. „Ich liebe dich so sehr. Bitte hör nicht auf!" ich verlor mich vollkommen, doch ich spürte, dass Kray da war, um mich zu halten, ich schrie seinen Namen. Ich wollte, dass dies nie aufhörte. Später hielt er mich fest in seinen Armen, strich mir über die Haare und sprach leise auf mich ein. Es waren nicht die Worte, die wichtig waren. Ich weinte und bebte in Krays Armen, bis ich dann vollkommen erschöpft war und der Schlaf sich je, wie eine warme, dunkle Decke über mich legte.

ENDE